MICHEL BOUILLY

Brèves
Nouvelles

INSTANTS DE LA VIE DE ROBERT

COURTES FICTIONS

CLAIRE

© 2022, Michel Bouilly

Édition : BoD – Books on Demand, info@bod.fr.

Édition révisée : décembre 2022

Impression : BoD – Books on Demand, In de Tarpen 42, Norderstedt (Allemagne)

Impression à la demande

ISBN : 978-2-3224-3121-2

Dépôt légal : septembre 2022

Si on savait quelque chose de ce qu'on va écrire avant de le faire, avant d'écrire, on n'écrirait jamais. Ce ne serait pas la peine. **Marguerite Duras**

L'acte d'écrire peut ouvrir tant de portes, comme si un stylo n'était pas vraiment une plume mais une étrange variété de passe partout. **Stephen King**

À mes petits enfants de cœur et de sang dans l'ordre d'entrée en scène dans le grand livre de la vie.

Laurie Montès

Théa Montès

Alana Montès

Elya Bouilly

Manon Bessine

Lisa Bessine

Yaël Bouilly

Maël Boisson

Et à leurs parents qui se reconnaitront.

Ces textes vous appartiennent maintenant.

Pourquoi ces pages :

« J'ai toujours aimé écrire et j'ai toujours écrit. Mais ce n'est que depuis que je fréquente l'atelier d'écriture que j'ai le sentiment d'écrire.

Avant mon écriture était utilitaire. Elle avait pour fonction d'expliquer, de décrire ou de démontrer, de conseiller et de convaincre. Elle était corsetée, normalisée, attendue, sans surprise et quasi machinale.

Elle coulait de source mais la source était prosaïque, technique, parfois savante et recherchée mais il suffisait de la débusquer dans les textes existants, la jurisprudence ou les avancées récentes mais documentées.

L'imagination prenait rarement le pouvoir et lorsqu'elle le prenait c'était pour arriver à des solutions utiles, concrètes, pragmatiques.

Elle ne m'apportait comme véritable satisfaction que d'arriver à mes fins au profit de mes interlocuteurs destinataires de ma prose.

Jamais elle ne m'apportait d'émotion, de plaisir, de sensibilité, de surprise.

C'est la surprise qui me manquait le plus mais je ne le savais pas.

C'est grâce à l'atelier, à la force de la consigne, que j'ai découvert l'étonnement... et le plaisir de me retrouver tout à coup ailleurs. Sur des chemins que je n'avais pas, consciemment, choisi d'explorer dans des endroits où je n'aurais pas eu l'idée d'aller. Qui s'imposent à moi sans que je sache toujours pourquoi. Et c'est une sensation incroyable et paradoxale de liberté, une évasion.

Quand je commence à écrire je sais où je veux aller mais je ne sais pas quelle voie je vais prendre, par quel col enneigé, par quelle oasis ombragée, par quelle plage ensoleillée je vais y parvenir.

Je suis mon cap mais je tire parfois des bords improbables qui m'emplissent de joie…et parfois me font peur lorsqu'ils m'enferment dans un cul-de-sac. Mais quelle satisfaction d'en sortir et de retrouver le chemin.

Au plaisir d'écrire s'ajoute celui de lire aux autres, même si longtemps ce fut ma hantise car je peux être un lecteur compulsif et incompréhensible.
 C'est là que mes écrits prennent sens. Qu'ils soient bien ou moins bien accueillis, ils vivent.
Les réactions de ce public restreint, complice mais sans complaisance, redoutable mais amical sont précieuses.

Il en résulte des textes toujours perfectibles mais qui sont notre petite musique à nous, celle de l'atelier La *plume et l'oreille* ».(1)

Ecrire est une sensation de liberté et une évasion plus puissante que la lecture.

Alors j'écris.

Et je partage, aujourd'hui, avec vous qui lirez ces nouvelles agencées en récit autour d'un ou plusieurs personnages récursifs, Robert indissociable de Germaine en première partie ou Claire en dernière partie et leurs proches, ou en nouvelles sur des thèmes divers en deuxième partie.
Dans ces histoires réunies sous le titre de « courtes fictions » deux personnages reviennent une fois, il s'agit de Marianne et de Bob.
Peut-être aimerez-vous tous ces personnages autant que j'ai aimé leur donner vie ?

    (1) Extrait de ma présentation *in Nouvelles de La plume et l'oreille 2014*

INSTANTS DE LA VIE DE ROBERT

Au fil du temps Robert est devenu un personnage récurrent que je vous propose de découvrir avec ceux qui partagent sa vie, proches ou moins proches.

Les mains sales

Sale journée songea Robert en regardant ses mains.

Elle avait pourtant bien commencé.

Il n'avait pas eu à attendre, contrairement aux autres jours, que le recruteur revienne pour distribuer les boulots les plus durs et les moins payés. Il avait tout de suite été choisi.

La chance était avec lui, et elle avait continué à lui sourire. Un des chauffeurs de la ferme était malade et il était le seul parmi les travailleurs présents à savoir conduire un camion.

C'était un gros bahut et ça faisait longtemps qu'il n'avait pas conduit.

Dans la cabine ses craintes firent place au plaisir. Il avait toujours aimé conduire.

Ça irait. Il y arriverait. Avant de tirer le démarreur les idées se bousculaient, elles disparurent quand le moteur répondit présent.

Il avait aidé à charger et avait vérifié et refait les niveaux d'eau et d'huile du camion, il était en sueur et ses mains étaient dégoûtantes.

Le contremaître ne l'avait pas autorisé à les laver. Il lui avait commandé de commencer sa rotation tout de suite. Robert avait obéi en pestant en silence.

Il avait trop besoin de ce travail et le bonhomme, il le savait, n'était pas commode.

Mais il n'aurait plus à charger, juste à conduire, la benne serait pleine lorsqu'il reviendrait et la noria se poursuivrait toute la journée.

Il obéit au type placé à la sortie de la ferme qui jouait les régulateurs et démarra avec précaution.

Il fallait être prudent dans ces chemins de terre qui serpentaient le plus souvent à flanc de montagne et pourtant il savait qu'on ne lui ferait pas de cadeau s'il ralentissait le rythme des autres camions.

Il en avait compté dix et les autres chauffeurs étaient habitués.

Il aurait bien aimé avoir les mains propres.

Détends-toi ça va aller. Respire, tu en as vu d'autres. Concentre-toi. Tiens bon le manche.

Ça y était, ça roulait. Le camion répondait bien malgré son apparence et son âge.

Robert se sentait mieux à présent. De mieux en mieux malgré ses mains sales. Il espéra pouvoir les laver à l'arrivée avant de repartir.

Il était parti troisième et s'efforça de calquer sa vitesse sur celui qui le précédait.

Il leur fallut une demi-heure pour arriver au quai de déchargement de la voie ferrée qui conduisait à l'usine de transformation. Là, il fit comme les autres chauffeurs et ne descendit pas de son camion.

Il avait compris que son espoir de se laver bientôt était assez compromis.

Les camions reprenaient la route aussitôt et croisaient ceux qui étaient partis après eux. Le retour en était rendu plus difficile et bien plus risqué. Certains passages le virent accroché à son volant comme à une bouée.

Fais gaffe. Serre les fesses. Te fous pas en l'air. Ça va aller.

Ce n'est qu'une fois revenu à son point de départ qu'il respira vraiment.

Il était en nage mais ça n'avait plus rien à voir avec sa transpiration du départ et il avait toujours les mains sales.

Il chercha depuis sa cabine s'il voyait un point d'eau tout en réalisant qu'il serait improbable qu'il puisse en profiter. En effet les camions recevaient aussitôt une benne pleine sans que les chauffeurs descendent de leur poste de conduite.

Il vit près d'un hangar une pompe auprès de laquelle semblaient s'affairer des femmes.

Il devait y avoir de l'eau.

C'est là qu'il pourrait se laver les mains, plus tard, dès que possible, au prochain tour peut-être ?

Et la course reprit.

Il serrait les dents et le volant , les chargements et déchargements se succédèrent sans temps mort.

Même pour manger leur maigre repas les chauffeurs ne s'éloignèrent pas de leur camion. Ils s'adossèrent au quai ou à leur bahut et il ne vit pas de point d'eau à proximité.

Moins de dix minutes plus tard, ils étaient repartis.

La noria se poursuivit au même rythme jusqu'au soir entre chien et loup.

Pour ce dernier voyage il ne desserra ni les dents, ni les fesses et il est probable que le volant garde la trace de ses doigts incrustée à jamais dans l'ébonite.

Enfin ils descendirent tous de leurs bahuts après les avoir alignés côte à côte et se dirigèrent vers la cabane où la paie était distribuée.

Mais avant d'y aller Robert courut vers la pompe qu'il avait vue plus tôt dans la journée.

Il l'actionna avec énergie et espoir, mais en vain. Il ne put obtenir d'elle qu'elle accepte de lui offrir la moindre goutte d'eau. Il constata qu'elle n'en avait sans doute plus donné depuis bien longtemps.

.

La nuit

Robert, sa paie en poche, se dirigea vers la sortie de la ferme. Il allait devoir faire les quelques kilomètres qui conduisaient au village avec les mains toujours sales car, il le savait, il n'y avait pas d'habitation ni le moindre point d'eau sur le chemin.

La nuit était déjà là, la lune avait remplacé le soleil et il distinguait parfaitement ceux qui, comme lui, retournaient vers les leurs par petits groupes. Les paroles qu'ils échangeaient s'élevaient dans l'air et semblaient parfois ricocher sur la montagne autour d'eux. Puis ce sont des chants qui s'élevèrent provenant du groupe le plus éloigné de lui, parmi lequel il reconnut des voix de femmes. Lui était seul. Il était aussi le dernier. Enfin c'est ce qu'il pensait.

Sans y prendre garde, il s'était rapproché du groupe qui le précédait depuis le départ.

Il entendait et comprenait même leur conversation mais eux ne l'entendaient sans doute pas.

Il comprit qu'ils parlaient de lui. Ils s'étonnaient qu'un type qui paraissait aussi misérable qu'eux sache conduire et s'occuper d'un camion. Il sait même peut-être lire supposa une des voix.

Il était arrivé dans le village depuis moins d'un mois et n'avait pas vraiment cherché à lier connaissance avec les autochtones.

Il aurait dû le faire car maintenant la méfiance semblait de mise à son encontre et il n'avait pas besoin de ça.

Ce n'est pas avec la paie d'aujourd'hui qu'il pourrait facilement tailler la route et il n'en avait ni l'envie... ni le courage.

Il comprit aussi, en les écoutant, leur crainte qu'il prenne leur travail.

Aussi pénible fût-il, il leur permettait de vivre. Cependant aujourd'hui ils paraissaient plutôt contents. Ce n'était pas leur travail qu'il avait pris mais celui réservé à la caste des chauffeurs de camion de la ferme.

Devait-il en être rassuré ? Il voulait le croire.

Mais il décida de rester vigilant.

Il s'efforça de garder la même distance entre lui et eux jusqu'au village et de ne pas faire de bruit. En fait inconsciemment, il se laissa distancer.

On était encore loin de la plaine.

Le chemin serpentait à flanc de montagne, et de loin en loin on entendait des cailloux déplacés par les marcheurs dévaler la pente.

Il se mit à repenser à la journée qui venait de s'écouler, où il avait retrouvé le plaisir de conduire, mais où il avait aussi affronté la peur de finir dans le ravin. Ses doigts étaient encore douloureux d'avoir trop serré le volant.

Il espérait recommencer demain et même les jours suivants. Il s'habituerait, il dominerait sa peur, elle disparaîtrait c'est sûr.

Il avait encore perdu du terrain sur le groupe qui le précédait, il ne les entendait plus, depuis un grand moment lui semble-t-il, et soudain il eut conscience qu'il n'était plus seul.

Une ou plusieurs personnes étaient derrière lui, plusieurs personnes ou une seule, il ne savait pas qui essayaient de ne pas faire de bruit, qui cherchaient à le surprendre, ça il en était presque sûr, une ou plusieurs personnes qui ne lui voulaient pas du bien, ça il le sut, tout à coup sans le moindre doute.

Il se retourna et là, à moins de vingt mètres, il discerna les trois hommes qui se voyant découverts se mirent à courir vers lui. Trois hommes qu'il avait côtoyés lors de leur repas de midi adossés à leur bahut. Ils étaient armés de bâtons ou de manches de pioches. Cà, il le saurait bientôt.

Fuir ou faire face, c'est la question, mais quelle est la réponse ?

Le courage c'est de faire face mais la raison disait qu'a trois contre un il vaut mieux fuir. C'est ce qu'il fit.

Sans doute avait-il mis trop de temps à répondre à la question car déjà l'un des trois chauffeurs l'avait rejoint et là il sut que c'était un manche de pioche qui cherchait le contact avec son crâne.

Par chance il esquiva et déséquilibra son agresseur qui dévala la pente mais c'est un deuxième adversaire qui se rua sur lui avant qu'il ait put lui-même retrouver son équilibre. Il sentit les cailloux se dérober sous ses pieds et vit le deuxième manche de pioche au-dessus de lui.

Il eut le temps de voir le troisième poursuivant qui levait à son tour son arme quand « Il y eut un long grondement, et il lui sembla glisser sur une interminable pente. Et, tout au fond, il sombra dans la nuit. Ça, il le sut encore: il avait sombré dans la nuit. Et au moment même où il le sut, il cessa de le savoir. » ([1])

---

[1] Martin Eden de Jack London

La fuite

Là, un cochon qui court ! Robert l'aperçut au moment où il ouvrait une fenêtre du séjour pour laisser une dernière fois son regard glisser sur la place avant de quitter cet appartement à tout jamais.

Il avait toujours su qu'il ne pourrait pas rester là mais il aurait aimé que ça dure encore un peu.
Ça n'était pas vraiment un appartement, plutôt une case en adobe, mais elle avait un toit et la vue sur la place le mettait à l'abri des intrus et des surprises qui vont souvent avec.

Pourtant après la mésaventure d'hier au soir il n'avait pas le choix.

Les habitants de Rio Suarez ne voulaient pas partager leur misère avec lui.

Surtout, ils ne pouvaient pas partager le travail rare et mal payé avec lui.

Ils lui avaient signifié sans détour qu'ils le préféraient mort et lui voulait vivre, même une vie difficile.

Il devrait la vivre ailleurs.

Hier au soir, il avait cru mourir, un moment même il avait cru être mort.

Il avait été happé par un éboulis de pierres et avait perdu connaissance.

Il s'était réveillé dans la nuit, au fond du ravin, avec des égratignures, la bouche les oreilles et le nez pleins de terre, mais sauf.

Revenu à sa case et aussitôt lavé, il avait réuni ses maigres affaires dans le sac de toile noir qu'il avait en arrivant dans ce village.

Il n'avait pas eu le temps d'avoir peur.

Maintenant il avait peur.

Peur de leur misère qui interdisait d'accepter l'étranger qu'il était.

Peur de leur violence, celle du désespoir de ne pas être sûr de pouvoir nourrir leurs enfants.

Cette violence provoquée par celle des puissants dans la main desquels ils n'étaient pas plus que du bétail, des animaux de labeur dont ils suçaient la force pour en faire de l'argent.

Des animaux sans espoir et sans avenir qui ne savaient jamais si le maître, où le contremaître daignerait leur faire l'aumône de leur offrir du travail.

Il avait chaussé les grosses godasses de l'armée de type Rangers qui l'avaient conduit ici, quelques semaines plus tôt, et qu'il aurait voulu avoir rangées pour plus longtemps.

Ils étaient esclaves dans un monde où ce mot était récusé, nié, juridiquement absent et interdit mais abominablement réel.

Ils étaient révoltés mais ils n'exprimaient leur révolte qu'à l'égard de ceux qu'ils pouvaient atteindre, les pauvres et faibles comme eux.

Il avait eu le tort d'accepter le travail d'un chauffeur malade, père de quatre enfants, et leur crainte était que ce soit lui, l'étranger, qui soit désormais choisi tous les matins par le contremaitre.

C'est la caste des chauffeurs de camion de la ferme qui s'était inquiétée.

Il fallait qu'il disparaisse.

Les fermiers étaient trop forts à l'abri de leurs chiens bien nourris et de leurs hommes de main bien payés.

S'en prendre à eux signifiait mourir de faim ou de mort violente.

Tous le savaient ou le croyaient.

Il prit son gros blouson de cuir marron lourd mais protecteur, endossa le sac noir et sortit.

Le cochon coureur et maigre était sur la place en terre battue avec les chiens jaunes.

Groin et truffes raclant le sol sec, ils cherchaient tous à manger.

Il était tard, largement après l'heure d'embauche par les recruteurs et pourtant beaucoup d'hommes et de femmes étaient là dans leurs ponchos colorés.

Le son d'une flute andine sortait d'une des maisons devant laquelle des enfants jouaient.

Il n'y avait, sans doute, pas eu beaucoup de travail distribué aujourd'hui, ou il l'avait été dans un autre village et pour moins cher.

Les firmes transnationales avaient toutes les stratégies imaginables pour réduire les coûts de main d'œuvre tout en affectant de n'en rien savoir et de n'y être pour rien.

Rendre le travail rare pour moins le payer était le fait des propriétaires fermiers pas de la multinationale acheteuse unique qui ne s'estimait pas responsable de ce dont elle était la cause.

Ses contrats d'achat stipulaient expressément cette exonération de responsabilité.

Dans le même temps sa communication financière insistait sur le respect scrupuleux d'une charte éthique pour une agriculture durable au profit des populations indigènes.

Les chiens aboyèrent en le voyant et coururent vers lui.

Puis se turent en le reconnaissant et l'ignorèrent car il n'avait rien à leur donner, comme d'habitude.

Il songea qu'il se comportait avec eux comme un de ces maîtres dont tous les hommes les femmes et les enfants d'ici souffraient.

Il partit sans se retourner.

La peur

Aveuglante, violente, la lumière entre à flots stressants dans la chambre obscure et inonde les draps du lit.

Robert a peur.

Depuis l'agression de la nuit dernière elle ne le quitte pas.

Il a réussi à quitter le village de Rio Suarez tôt ce matin, des femmes, des enfants et des hommes désœuvrés étaient là sur le pas de leur porte et ils l'ont vu partir.

Il a marché toute la journée en suivant la seule route possible, la seule existante, celle qui l'avait vu, hier, cramponné au volant d'un camion les fesses serrées et les mains sales, aller et venir toute la journée des champs au quai de déchargement sur la voie ferrée dans la vallée.

Il avait eu peur mais sa seule crainte avait été la sortie de route.

Il s'était concentré sur la route de pierres et cailloux et sur sa conduite.

Il avait souvent tutoyé le ravin mais avait réussi à ne pas l'embrasser.

Aujourd'hui il est à pied et c'est une autre peur qui l'oppresse depuis hier, depuis que les chauffeurs ont tenté de le tuer parce qu'il a pris la place d'un des leurs.

La violence de la lumière a fait ressurgir sa peur, aussi violente que la lumière.

Il ferme les yeux.

Lorsqu'un premier camion était arrivé derrière lui, il l'avait entendu au loin et il avait eu le temps de se cacher dans le fossé.

Il y était resté un long moment à observer et à évaluer le temps entre deux camions, ceux qui descendaient comme lui et ceux qui remontaient après avoir déchargé. Puis il était sorti pensant avoir trouvé le rythme de la noria. Il allait jouer avec.

Il ouvre les yeux, la lumière aveuglante l'agresse. Il se recroqueville dans le coin de la pièce le plus éloigné de la fenêtre et ferme à nouveau les yeux.

Raté, il n'était pas plutôt sorti du fossé qu'il lui avait fallu y retourner et se glisser dans une trouée entre les bambous.

Deux camions s'étaient croisés à sa hauteur mais les chauffeurs ne l'avaient pas vu, il en était presque sûr.

Cependant il décida de ne plus prendre de risque et de n'avancer, désormais, qu'en dehors de la route en la surplombant ou en contrebas dans la végétation parmi les podocarpus, les bambous, les cecropias et les orchidées.

Sa progression était devenue moins facile et moins rapide mais plus sûre…enfin il l'espérait.

Il n'ose pas rouvrir les yeux.

Il écoute. Aucun bruit n'accompagne la lumière.

Elle ne vient pas des phares d'un camion, les chauffeurs seraient déjà là, sinon ils seraient en train de le chercher et il les entendrait parler et marcher dans le gravier de la cour du motel.

Il se félicitait d'avoir chaussé ses godasses de l'armée et de n'avoir pas trop de poids dans son sac à dos en toile.

La végétation luxuriante et colorée et les oiseaux multicolores qui s'envolaient à son passage le consolaient d'avancer moins vite.

De temps à autre ce sont les petits mammifères de la forêt andine qui déboulaient devant lui et à qui il faisait parfois peur, ce qui n'atténuait pas la sienne.

Il tremble. Il a froid.

Il ouvre les yeux pour regagner le lit.

Il n'avait pas mangé depuis hier midi lors de la courte pause, adossé à son camion et son estomac disait son manque beaucoup trop fort pour qu'il l'ignore.

Il s'arrêta et en quelques minutes il avait mangé en cueillant et amassé assez de papayes, pitayas, anones et pacays pour calmer sa faim et se désaltérer en même temps.

Il avait aussi mangé quantité de baies toutes sucrées ou acidulées sauf une qu'il avait cru reconnaître et qu'il avait aussitôt recrachée tellement elle était amère et astringente.

Il avait fallu qu'il se nettoie les papilles en mangeant une grosse papaye qu'il avait gardée pour plus tard sans arriver à se débarrasser de la gêne.

Alors qu'il approchait d'un arroyo, un pécari brun et gris avec son collier de poils blancs traversa le sentier à quelques mètres de lui et s'arrêta sans la moindre once de peur.

Ce n'est qu'après avoir dégusté au bord du chemin une grosse limace brune, qu'il s'enfonça sans se presser dans les broussailles.

Robert songea qu'il aurait bien aimé être aussi décontracté que ce cochon.

Lui fuyait, le pécari non.

Sa course se poursuivit jusqu'à la fin de l'après-midi au moment où il avait rejoint le motel situé un peu à l'écart de la route.

Il avait décidé d'y passer la nuit avant de mettre encore plus de distance entre lui et les chauffeurs qui ne lui voulaient pas du bien.

Il faisait encore jour lorsqu'il s'était affalé sur le lit sans penser à tirer les rideaux.

Il a trop froid. Il faudrait qu'il se couvre.

La lumière ne lui semble plus agressive, elle lui parait même faible et blafarde.

Robert avait la bouche pâteuse et avait soif.

Il était couché et n'arrivait pas à dormir.

Il s'était réveillé en sursaut lorsque les lampadaires éclairant le parking et les enseignes du motel s'étaient allumés.

Le goût amer des baies recrachées était toujours là. Sa langue était épaisse et lourde.

Il faut qu'il boive.

Il se lève pour aller au lavabo et se rend compte que la lumière qui le terrifiait tout à l'heure n'a rien d'effrayant.

L'eau a mauvais goût mais moins que l'amertume qu'elle atténue sans la faire disparaitre.

Robert comprit tout à coup ce qui venait de lui arriver.

Les baies qu'il avait ingérées, même s'il en avait recraché le plus possible, avaient été la cause de son cauchemar à demi-éveillé.

Elles avaient des effets psychotropes et dans son premier sommeil, là où il avait vu une lumière aveuglante et violente, il n'y avait qu'une lueur banale.

Le passage de la demi-obscurité à l'éclairage du parking avait été perçu par ses rétines et son cerveau fatigué et stressé, par la peur qui l'habitait depuis hier au soir, comme si les phares des camions dont les chauffeurs voulaient sa mort, s'étaient subitement allumés.

Les passeurs

Un soleil insolent illumine la place de La Comédie et la façade du Grand Théâtre.
L'horloge affiche dix heures.
Le ciel est bleu sans le moindre nuage.
Tout serait pour le mieux si le caddie ne poussait des couinements bruyants et effrayants et s'il ne faisait déjà très chaud.
Robert est en nage.
Il se reproche de n'avoir pas suivi sa première idée de faire deux voyages.
Les cartons et les liasses de papier destinés pour l'essentiel à restaurer la cabane au bord de la Garonne auraient suffi pour le premier.
Il avait fallu qu'il décide dans un deuxième temps imprudemment, avec un peu de forfanterie peut-être, de prendre aussi tous les listings d'ordinateur qui prennent moins de place.
Il n'avait pas pensé à leur poids.
Il n'est plus très sûr d'arriver à faire les six kilomètres qui le séparent de sa résidence en planches et cartons.
Le caddie geint sans retenue et Robert à l'impression que tous les regards sont sur lui.
Il n'aime pas attirer l'attention, même s'il n'est pas sûr que pour vivre heureux il suffise de vivre caché.
Mais ne pas attirer l'attention lui convient plutôt bien.
Ne pas attirer l'attention de la police notamment même s'il n'a rien à se reprocher ce dont il est sûr, mais pas forcément eux.
Il y a déjà vingt ans il n'avait rien à se reprocher sauf d'être sans papiers, ce qui lui avait valu quelques séjours à l'ombre d'une cellule.

Les mains sur la barre du caddie glissent sous l'effort et la transpiration.
C'est Fil de fer avec qui il partageait, depuis son arrivée à Bordeaux, un bout de trottoir sous un porche qui l'avait rencardé, et ça avait changé sa vie.
Sa vie qui n'avait plus de sens depuis son retour en France sur un cargo de transport de ciment au port de Bassens.
Elle n'avait plus de sens et lui n'avait plus d'identité administrative.
Son embarquement à Puerto Suarez s'était fait dans l'urgence et avec fracas.
Il avait fallu qu'il choisisse entre son sac et sa vie.
Il avait choisi la vie grâce à deux marins costaricains, rencontrés dans un bistrot du port qui avaient fait le coup de poing avec lui et l'avaient aidé à monter à bord au dernier moment.
Arrivé devant La cité du Vin le caddie n'avance plus, Robert non plus.
Les marins l'avaient caché et nourri sans contrepartie si ce n'est de leur apprendre des rudiments de français en parlant avec eux.
Fil de fer connaissait quelqu'un qui pourrait le conseiller, quelqu'un qui connaissait le droit et qui aidait les gens comme eux, quelqu'un qui vivait comme eux, il ne savait pas pourquoi.
Germaine l'avait aidé à retrouver son identité administrative mais elle l'avait aussi aidé à retrouver un toit, le sien qui était devenu le leur, sa cabane au bord du fleuve.
Robert était heureux, sa vie avait à nouveau un sens et il louait tous les jours le ciel d'avoir rencontré Fil de fer, devenu son frère et leur invité à tous les deux pour toutes les bonnes occasions.
Robert en est là dans ses pensées quand il entend la voix de son ami dire :
-Besoin d'un coup de main ?

Les vendanges à Haut-Brion

Le caddie n'avait pas été facile à garer.

Il lui avait fallu passer par l'allée en gravier qui menait au petit chai de rangement des outils de vendange et Robert avait bien cru ne pas y arriver.

Le bitume de la ville est décidemment plus facile pour un caddie.

Maintenant c'était chose faite, il respira en s'essuyant le front avec sa manche.

Il était à l'heure pour le passage des consignes et la distribution des tâches.

Il avait bien fait de partir tôt car le passage du portail d'entrée avait été un peu long. Alors que les autres vendangeurs passaient sans encombre, son caddie, lui, intriguait les gardiens du Château qui avaient jugé prudent d'en référer à plus haut avant de le laisser passer.

C'est qu'on n'entre pas à Château Haut-Brion comme dans un moulin de Provence.

Robert avait même craint qu'on ne laisse pas entrer son compagnon de galère qui lui servait aussi de coffre « pas très fort » mais qui le précédait partout grâce à ses roulettes et gardait ses frusques et ses autres maigres, mais précieux, avoirs à portée de regard et de main. Il ne serait pas resté sans lui, c'est sûr.

Il était maintenant à l'abri comme il n'avait jamais été.

Il regarda les autres groupés autour du maître des vendanges à qui il allait falloir obéir et ça, Robert, il n'aimait pas trop.

C'était une idée de Germaine et il avait décidé de lui faire plaisir et d'obéir.

C'était difficile mais il allait le faire. Il s'était promis de le faire et il le ferait.

Germaine avait tout arrangé lorsqu'il avait eu l'idée saugrenue de lui dire qu'il aimerait bien faire les vendanges.

Elle lui avait souvent parlé de cette propriété dont son grand-père notaire avait été le conseil attitré.

Elle aimait raconter comment le propriétaire américain avait acheté Haut-Brion alors qu'il était venu pour acheter le château Cheval Blanc à Saint-Emilion. Tout ça à cause du brouillard.

Le chauffeur de taxi à la gare Saint-Jean avait, en effet, refusé de faire autant de route dans la purée de pois et avait conduit son client au plus près dans la banlieue de Bordeaux où un autre Château était en vente.

Ça faisait maintenant plusieurs heures qu'il coupait et qu'il jetait les grappes dans le panier et il y prenait goût.

Dès qu'il avait commencé à couper, il s'était retrouvé en Provence enfant, la main de son père guidant ses gestes sous le regard et les sourires aimants de sa mère.

Avec leur aide, il avait pris le coup de main. Ça lui paraissait facile et celui qui jouait au chef l'avait même félicité pour son soin des baies et pour son rythme.

Il l'avait aussi montré en exemple aux vendangeurs de son rang, les plus proches, à qui il avait demandé de venir voir comment il s'y prenait.

Ses parents l'avaient encouragé toute la journée mais le lendemain ils n'étaient plus là, comme ils n'avaient plus été là bien des années plus tôt en les abandonnant lui et sa petite sœur.

Leurs corps avaient été retrouvés, par des randonneurs, longtemps après leur disparition, au fond d'un ravin à sec dans les gorges du Verdon, et les années de jours désemplis avaient commencé.

Au bout de trois jours il était devenu un virtuose du sécateur.

Il avait tout de suite aimé la caresse des feuilles sur ses mains lorsqu'elles cherchaient la grappe et la tournaient pour laisser passer les lames.

Sentir le jus des raisins qui enduisait ses mains l'apaisait, alors qu'il détestait avoir les mains sales. Germaine s'en moquait souvent lors de leurs tours de chine.

Il n'était même pas fatigué alors que les autres vendangeurs se relevaient souvent en se tenant les reins et semblaient fourbus avant la fin de la journée, lui ne se redressait jamais sauf pour boire à sa gourde militaire métallique de couleur kaki. Et c'est de l'eau qu'il buvait. Pas la moindre goutte de pastis ni d'alcool.

Sobre Robert et au milieu des vignes ?

Jamais Germaine ne le croirait.

Puis hier le chef de culture était venu lui parler.

Robert avait craint un instant une remarque, un reproche lorsqu'il s'était approché de lui dans le rang. Pourtant il faisait aussi bien que possible, aussi bien qu'hier et mieux qu'avant-hier

Sur la défensive, il l'avait écouté et entendu lui demander s'il voulait faire en octobre les vendanges en Pomerol dans un château de la famille.

Il s'était entendu répondre oui et l'avait regretté aussitôt.

Et son caddie ? Il allait faire comment pour son caddie ?

Jamais Germaine ne le garderait et de toute façon il ne pouvait s'en séparer.

Il venait de se relever pour rejoindre son interlocuteur lorsqu'ils se retrouvèrent, aussi surpris l'un que l'autre, nez à nez, chacun ayant quelque chose à dire à l'autre.

- Au fait j'y pense, pour ton caddie, pas de problème, on le prendra, avec toi, dans le fourgon avec les vendangeurs de Bordeaux.

Robert faillit rester coi mais il se reprit, remercia et se remit à la tâche avec ardeur en songeant que bientôt ce serait octobre.

Je m'en vais

Je m'en vais dit Robert, je te quitte. Je te laisse tout mais je pars.

-Pars mon pauvre ami, pars si tu l'oses. T'iras pas loin pour sûr. Tu vas faire comment pour croquer toi qui a toujours le gosier en pente.

Tu boiras, ça tu boiras mais pour manger faut voir.

Et quand t'auras bu, qui c'est qui viendra te ramasser ? Tu sais même pas.

Et tu crécheras où ? T'y as pensé ?

Tu me laisses tout ? Je me marre, t'as rien.

Tout en engueulant Robert, Germaine continuait à plier les cartons. Elle avait même l'air de s'amuser. C'est que, Robert, ce n'était pas la première fois qu'il décidait de partir et qu'il l'annonçait avec emphase. Ça ne serait pas la dernière non plus, ça Germaine en était certaine.

Robert avait attendu que l'orage passe. Il passait toujours avec Germaine. Il était souvent retentissant et fatigant mais il finissait par passer, plus ou moins vite, mais il passait. Il suffisait de ne pas répondre pour ne pas relancer l'ouragan.

Aujourd'hui il lui parut moins puissant que d'habitude, et moins long, surtout moins long et il se demanda pourquoi.

Et pourquoi elle dit que j'ai rien ?

C'est vite dit ça, rien.

Et mon caddie, elle ferait comment pour ramener ses frusques et ses cartons sans mon caddie ?

Et mon transistor, ma télé miniature, mon survêt de l'OM et celui du Barça, mes dominos en ivoire, mon morlingue en croco, mes godasses de l'armée, mon missel illustré en cuir doré, et ma tocante qui indique même les quartiers de la lune… c'est pas rien tout ça quand même…

Elle le sait non ?

Germaine continuait à s'activer, comme toujours. Elle ne restait jamais en place. Elle lui donnait le tournis.

Elle en avait fini avec les cartons. Ils étaient pliés et ficelés et formaient un gros tas près de la pile du pont, à côté de la cabane en toiles et en planches qui leur servait d'abri.

Elle s'affairait auprès du banc au bord du fleuve.

Elle se demande où je vais crécher. Comme si c'était la première fois que je déménage. J'en ai vu d'autres. C'est pas les ponts qui manquent. Bien sûr il faudra que je fasse ma place mais je sais faire. C'est pas à Robert qu'on la fait. J'ai du métier depuis le temps.

Sur le banc en pierre, recouvert d'un drap presque blanc, Germaine avait entrepris de disposer des verres, sans doute ceux qu'elle avait trouvés hier, et dont elle lui avait parlé avec enthousiasme en revenant de son tour de chine comme elle disait. Elle aimait les verres surtout s'ils étaient décorés et ceux-là l'étaient.

Elle les essuyait et les posait précautionneusement un par un sur la nappe du jour.

Il y en a au moins dix, évalua Robert sans s'approcher.

Puis elle en prit deux et les plaça à distance des autres à l'autre extrémité du banc.

Elle les avait installés sur deux serviettes en papier rouge qui jouaient les napperons.

Ces serviettes, il ne les connaissait pas, elle avait dû les trouver hier.

Il l'observait surpris par cette mise en scène inhabituelle.

Je vais pas crever la dalle, qu'est-ce qu'elle croit ? J'ai de la ressource. J'ai toujours réussi à becqueter, enfin presque tous les jours, même avant elle. C'est vrai qu'avec elle c'est mieux, mais bon !

Elle était revenue de la cahute et lui tournait le dos, penchée sur la table.

Lorsqu'elle se déplaça il découvrit qu'elle avait posé le pichet jaune qui faisait la réclame pour le pastis, celui où on mettait de l'eau.

Elle avait aussi apporté la bouteille de Ricard et servi dans les verres décorés.

On voyait le liquide opaque et c'est tout juste si Robert ne le sentait pas. Pourtant à cette distance ?

D'un geste de la main Germaine l'invita à boire puis, comme il n'avait pas l'air de s'avancer, elle renouvela son invitation en ajoutant le verbe au geste.

Alors qu'il se dirigeait vers les verres, il ne vit pas le sourire en forme de victoire qui s'affichait sur son visage. Elle le regardait s'approcher.

Lui ne voyait que le breuvage jaune qui lui plaisait tant. Il avait soudain très soif.

Bon dit Robert, mais je ne reste qu'un instant vraiment, je prends juste un verre et je m'en vais.

L'Anniversaire

Robert s'approcha de la pile du pont.
Il ne voyait pas la cabane mais les affaires de Germaine étaient là, qui l'attendaient.
Elle reviendrait aussitôt après son tour de chine.
Il le savait.
Elle était comme ça Germaine.
Avant de partir elle rangeait tout, bien proprement, « au cordeau » comme elle disait.
Elle n'avait pourtant jamais été jardinière, et ses parents non plus. Elle n'avait donc jamais utilisé le cordeau.
Avant d'être à la cloche, elle avait été notaire, comme son père et son grand-père avant elle.
Il le savait et tous ceux de la cloche à Bordeaux le savaient.
Elle n'en parlait jamais mais ne refusait jamais non plus de prodiguer un conseil à celui qui le demandait.
Ils n'avaient rien mais même sans rien on doit savoir ses droits et aussi ses devoirs.
Et elle, elle savait et tous savaient qu'elle savait.
Même en marge, les règles du monde se rappellent à vous de temps en temps.
Robert s'approcha encore et il vit la cahute en toile et en planches qu'ils avaient fabriquée ensemble.
Elle avait été déplacée sur un autre côté de la pile.
Elle était maintenant plus au soleil.
Germaine aimait son confort et elle disait aussi que le soleil était bon pour la santé.
Qu'il empêchait les microbes de prospérer.
Elle avait du vocabulaire Germaine.

Il commença à s'étonner qu'elle ne soit pas revenue à cette heure-là.

Germaine le surveillait depuis qu'il était arrivé.
Elle savait qu'il viendrait aujourd'hui.
Le 6 février c'était son anniversaire et jamais Robert ne l'oubliait.
Il était comme ça Robert.
Un peu buveur mais fidèle.
Il ne pouvait pas savoir qu'elle le voyait et elle avait décidé de se faire attendre. De le faire attendre.
Elle lui en voulait toujours un peu d'être parti un soir, le lendemain du jour de l'an, avec son caddie et toutes ses frusques et babioles sans rien dire.
Elle attendait qu'il s'installe et craignait un peu qu'il ne le fasse pas.
Elle avait décidé de ne pas bouger.
Mais s'il ne s'installait pas ?

Robert n'osait pas s'approcher plus près.
Il restait bloqué à distance.
Si Germaine arrivait maintenant et qu'elle le trouve là, comme en terrain conquis, elle le prendrait sans doute mal.
Elle le chasserait… peut-être ?
C'est que ça faisait cinq semaines aujourd'hui qu'il était parti sur un coup de tête et avec surtout un coup dans le nez, il faut bien le reconnaître.
Comme un voleur en somme.
Il avait pris avec son caddie, son transistor, sa télé miniature, son survêt de l'OM et celui du Barça, ses dominos en ivoire, ses godasses de l'armée, son missel illustré en cuir doré, et sa tocante qui indique même les quartiers de la lune, mais rien d'autre.
Tout ça était à lui.

Il ne se sentait pas très fier de sa fugue mais il songea au billet de loterie gagnant qu'il avait dans la poche de sa veste en velours et ça lui donna du courage.

Germaine n'y tenait plus.
Elle allait sortir de sa cachette, la vieille fourgonnette abandonnée au bord du fleuve, quand enfin Robert se posa devant leur case.
Il avait l'air sobre ce soir.
Elle l'observa en train de s'installer auprès de la cabane mais pas sur le lino qui faisait office de terrasse.
Il avait rangé son caddie sur le côté du cabanon vers la Garonne et s'asseyait sur un des parpaings qui leur servaient de siège mais un peu à l'écart.
Il lui tournait le dos en regardant le fleuve.

Robert allait se lever pour prendre son transistor dans le caddie quand, tout à coup, il sentit la présence de Germaine et en même temps il l'entendit alors même qu'elle n'avait pas fait grand bruit.
Il se retourna.
Ils furent à l'instant dans les bras l'un de l'autre, sans un mot.

La petite boîte

Robert était subjugué par sa trouvaille, là en évidence sur la poubelle devant la belle maison « art déco » de la rue du souvenir, une petite boîte en bois marqueté vernis de couleur acajou brillait.
Une boîte comme celle où sa mère rangeait les lettres reçues des amis ou de la famille une ou deux fois par an et les cartes postales de vacances.
On aurait cru que c'était elle.
Elle n'avait pas souffert des humeurs nocturnes perchée sur le dessus des livres et cartons que le maître ou la maîtresse de maison avait choisi d'abandonner, mais comme toujours avec précaution, pour que d'autres qu'eux en fassent un nouvel et bon usage, leur donnent une nouvelle vie.
Robert et Germaine passaient régulièrement avec l'espoir souvent récompensé d'y trouver quelque chose.
Une fois de plus c'était le cas et Robert jubilait.
C'est lui qui avait insisté pour passer aujourd'hui, seul jour de la semaine où ils chinaient ensemble, et ils étaient partis très tôt pour passer avant les éboueurs.
Germaine avait elle aussi trouvé son bonheur en verres décorés et cartons propres qu'elle utiliserait pour retapisser le sol de leur cabane comme elle le faisait très souvent.
Elle en était même assez guillerette.
Il faut dire que les verres étaient très beaux et elle aimait les beaux verres colorés et ceux-là l'étaient, si bien qu'il avait été difficile de repartir tant elle avait pris de soin à les protéger

mieux qu'ils ne l'étaient déjà, dans des couches de papier journal et de nylon tout en les admirant sous tous les angles.
Robert aimait bien que Germaine soit contente.
Il aimait alors sa gaieté et son insouciance passagère qui l'amenaient parfois à fredonner et même comme ce matin à chanter mais pas trop fort quand même.
Elle savait se tenir dans la rue.
Après avoir rangé son caddie contre le trottoir, il s'était assis sur les marches d'entrée de la maison et avait ouvert la boîte qui n'était pas vide comme il s'y attendait.
Elle était tapissée de feutre rouge et elle sentait bon.
Comme dans celle de sa mère, il y avait des enveloppes avec, il en était sûr, les lettres à l'intérieur et des cartes postales comme si sa mère les y avait mises.
Mais, sans doute toutes les mamans rangent-elles de la même manière, à moins que ce soient ces boites qui les y conduisent sans qu'il soit possible d'avoir la moindre part d'initiative personnelle ?
Le dictat de l'objet peut-être ?
L'idée lui plut et il songea qu'il en parlerait ce soir avec Germaine quand ils seraient de retour à la cabane au bord du fleuve.
Elle aimait parler de ces choses de la vie qui posaient question soit par leur répétition étonnante, soit par l'inexplicable des coïncidences, soit encore parce qu'elles disaient qui on était et où on allait.
Elle était capable de rester une grande partie de la nuit à disserter sur la philosophie et l'histoire du droit en praticienne qu'elle avait été dans une autre vie, celle avant la cloche, ou sur tout autre sujet.
Parfois Robert pensait que son métier de notaire lui manquait et même si elle n'en parlait jamais tous leurs voisins de la cloche savaient qu'elle savait.
Quand ils avaient des questions c'est vers elle qu'ils venaient.
Elle avait le goût et le sens du conseil et elle aimait aider.

Pendant qu'elle s'occupait de ses verres Robert avait repris son examen du contenu de la boîte pour savoir ce qu'il jetterait.
Il n'y avait que des enveloppes, quelques cartes postales d'un peu partout en France et une seule photo.
Une photo en couleur où le bleu dominait, sombre en bas et plus clair en passant par le blanc en remontant vers le haut.
Une photo de paysage marin avec la ligne claire de l'horizon aux deux tiers.
Robert avait fait de la photo et il appréciait en connaisseur la composition et le respect de la règle pour la prise de vue.
On était sur l'eau et on découvrait au loin un passage entre deux terres vers une autre étendue d'eau.
En même temps qu'il appréciait la qualité du cliché, Robert reconnut le lieu.
Il avait vu ce paysage, il était passé là en bateau, au même endroit, il l'aurait juré.
Mais il n'arrivait pas à se souvenir quand ni où.
Impossible de mettre un nom sur ce panorama.
Il regardait encore une fois la photo en s'avançant vers Germaine pour voir si elle connaissait cet endroit, car c'était impérieux pour lui de savoir…lorsqu'il sut.
Ce lieu, il le connaissait et à l'instant même où il s'en souvenait une vague de sentiments contradictoires l'envahit.
D'abord le souvenir de moments heureux en famille et notamment celui avec sa petite sœur sur les épaules de son père et sa mère les photographiant tous sur le pont d'un bateau, puis aussitôt, violemment, une onde de chagrin sans fin.
Germaine, le regarda étonnée de le voir soudain figé dans son élan vers elle, pâle et absent, avec des larmes dans les yeux.
Il était là sur le bateau, dans ce décor paisible, où, quelques mois avant la disparition de leurs parents, ils avaient terminé leurs dernières vacances ensemble.

Les souvenirs

C'est une chose curieuse que de rouvrir une boîte à souvenir songeait Germaine en regardant Robert.
Il avait rangé son caddie contre le trottoir et s'était assis sur les marches d'entrée de la maison devant laquelle il avait trouvé la petite boîte qu'il tenait dans les mains.
Germaine était intriguée, jamais Robert n'avait fait ça, jamais il ne s'était permis de s'approcher aussi près d'une maison, de la propriété, de l'intimité d'autrui.
Il était comme subjugué par sa découverte.
 Il avait ouvert la boîte alors que d'habitude il attendait toujours d'être à la cabane pour inspecter ses trouvailles.
Germaine interrompit son propre travail d'emballage et de protection des verres décorés qu'elle venait de trouver pour regarder et comprendre l'attitude inhabituelle de son homme.
Robert semblait ailleurs.
Il déplaçait avec précaution ce qui semblait être des enveloppes, des cartes postales. Il les sortait, les examinait puis les reposait comme s'il cherchait quelque chose.
Elle n'osait pas s'approcher craignant de le déranger et le découvrait sous un jour nouveau.
C'était bien lui grand, maigre et musclé dans son pantalon kaki de l'armée et son tee-shirt bleu toujours le même mais toujours propre, son luxe et son obsession.
Les traits burinés et la barbe de huit jours, brune déjà parsemée de fils blancs, comme la chevelure un peu longue mais toujours gardée à hauteur du bas des oreilles, jamais plus bas. Avec ses

yeux gris clair et son sourire timide il ne paraissait pas son âge et pourtant il venait comme elle de passer les soixante ans.

C'était bien lui mais il y avait autre chose, autre chose qu'elle sentait et n'arrivait pas à définir.

Ses épaules s'étaient affaissées, puis redressées puis affaissées à nouveau, il y avait quelque chose qui n'allait pas, elle n'était pas sûre, elle ne savait pas, c'était étrange mais il lui avait, un instant, paru plus jeune. Une impression étrange.

Elle se demanda si elle n'était pas trop fatiguée…de s'être levée trop tôt peut-être ?

Puis soudain, alors qu'elle allait s'approcher de lui pour comprendre, Robert s'était levé et venait vers elle, la boite dans une main, une photo dans l'autre, la mine interrogatrice.

Il ne quittait pas la photo des yeux. Germaine ne le quittait pas des yeux.

Tout à coup il se figea dans son élan vers elle, il n'y avait plus de question dans son regard.

Il connaissait la réponse et elle avait rempli ses yeux de larmes.

C'est un enfant de huit ans en pleurs que Germaine accueillit dans ses bras.

Un enfant de huit ans qui avait senti le parfum de sa mère en ouvrant la jolie boite sans d'abord arriver à y croire vraiment, puis qui l'avait reconnu avec certitude.

Un enfant de huit ans qui venait en un instant de revivre le dernier jour de leur vie en famille, sur le pont d'un bateau, avec sa main dans celle de sa mère et sa petite sœur sur les épaules de son père.

Jamais elle ne l'avait vu pleurer.

Le chagrin paraissait trop fort pour ce grand corps courbé vers elle, impossible à arrêter.

Germaine dut le garder là longtemps, sa tête sur son épaule, avant qu'il ne réussisse à parler.

Quand il le put enfin, elle en apprit plus sur son enfance qu'elle n'en avait jamais connu en plus de vingt ans.

Elle sut alors que la petite boîte de souvenirs rejoindrait pour toujours les trésors dont Robert ne se défaisait jamais, qu'elle serait toujours la boîte à souvenirs mais aussi, sans doute, la boîte à questions.

La photo

Il n'arrivait pas à détacher ses pensées de sa découverte de la matinée.

Ils étaient revenus un peu tard et Robert était encore secoué et fragile.

Il avait rangé le caddie derrière la cabane du côté du fleuve à l'abri des regards des passants.

Il avait déchargé leurs trouvailles en faisant attention aux verres de Germaine.

Puis il avait fini par s'assoir et avait posé délicatement la petite boîte sur la caisse en bois qui leur servait de table.

Il l'ouvrit à nouveau.

C'était inexplicablement celle de sa mère avec son parfum.

Elle sentait toujours aussi bon que ce matin et la feutrine rouge qui la tapissait lui parut encore plus fine.

Il se surprit même à la caresser de l'index.

Il avait regardé les cartes postales sans s'y arrêter, seule la photo depuis le bateau l'intéressait.

Elle avait ravivé des souvenirs de moments heureux et d'évènements dramatiques qu'il n'arrivait pas à chasser de son esprit.

Les souvenirs heureux étaient étonnamment les plus forts maintenant.

Il la mit de côté presque à regret.

Il n'avait pas ouvert les enveloppes, ce qu'il décida de faire.

De la première qu'il ouvrit tomba une photo, au moment où sa tocante, celle en or qui indiquait même les quartiers de la lune, sonnait comme tous les jours la demi de 15h.

Germaine était là, près de lui, dans la cabane et rangeait avec précaution les verres décorés suivant leurs qualités et leurs caractéristiques.

D'un côté ceux qu'elle garderait, de l'autre, les plus nombreux, ceux qu'elle vendrait.

Le son de la montre était discret mais elle l'avait elle aussi entendu.

Elle sourit.

Robert sourit aussi, heureux de la voir heureuse.

Elle n'acceptait pas toujours bien ces « sonnettes » et «trébuchettes», c'est ainsi qu'elle désignait alors les tintements de sa montre, qui marquaient toutes les heures et demi-heures, sauf la nuit.

Ça Germaine ne l'aurait pas toléré.

Mais aujourd'hui tout allait bien.

Ses découvertes du matin la rendaient heureuse.

Robert ramassa la photo et dut, en la découvrant, s'asseoir pris d'un vertige.

Puis il reprit ses esprits et osa à nouveau la regarder.

C'était un cliché en couleur de sa mère, en plein champ, devant un miroir posé à terre, dans la robe imprimée légère, qu'il aimait voir sur elle.

Celle qu'elle portait pour la kermesse des écoles où elle avait aidé au stand des boissons.

Il avait surpris les regards admiratifs de ses copains de classe et des autres et même celui de Monsieur Hervé le jeune instituteur des cours moyens.

C'est vrai qu'elle était belle maman avec ses cheveux longs châtain foncé et son sourire si doux.

Elle était belle et Robert avait vu ce jour-là qu'il n'était pas le seul à la trouver belle et ça lui avait fait plaisir et un peu peur en même temps.

Il n'avait pas bien compris pourquoi.

Il n'arrivait pas à détacher les yeux du cliché.

Trop de souvenirs revenaient.

Il se souvenait du champ de Papé et Mamé où la photo avait été prise, par papa sans doute.

Il se souvenait de la fête au village natal de maman et du bal où papa et maman avaient dansé.

C'était le dernier été avant leur disparition.

C'était la fin des jours heureux et il ne le savait pas.

Il avait retourné la photo mais rien n'était inscrit.

Germaine s'était approchée de lui et avait posé la main sur son épaule étonnée de son long silence et de son immobilité inhabituelle.

La tocante sonna 16h

Non 15h59 songea Robert

Toujours cette minute d'avance impossible à régler.

Le caddie

Robert avait mal dormi.
Il se leva avec précaution pour ne pas réveiller Germaine.
Le jour se levait avec lui et il faisait déjà chaud.
Sur le vieux réchaud à gaz qu'il avait récupéré la semaine dernière la cafetière était prête
Germaine préparait le café tous les soirs pour que Robert n'ait plus qu'à allumer le feu et le surveille le temps qu'il passe.
Elle n'était pas du matin. Parfois ça l'agaçait mais il rongeait son frein.
Il avait appris à l'attendre.
Il savait qu'il avait le temps pour le café et sortit de la cabane qui leur servait d'abri depuis plusieurs semaines pour regarder la Garonne : elle était haute et scintillait sous les premiers rayons de soleil, et son caddie : il était là entre la cabane et la rive caché aux regards des passants.
Il s'en approcha pour le caresser des yeux comme tous les jours mais depuis hier il était ennuyé.
Il avait eu du mal à rentrer avec une des quatre roues qui bloquait en criant et l'empêchait d'avoir une trajectoire simple et fluide.
Il avait bien essayé de la réparer mais rien n'y avait fait.
Non seulement il avait perdu toute discrétion, s'il en avait jamais eu une, mais il était devenu indomptable. Aussi têtu qu'une bourrique.
Ça ne faisait pas les affaires de Robert.
Il allait falloir qu'il lui trouve un remplaçant.
Il était maintenant près du fleuve. Derrière la végétation peu importante et basse il avait son coin, celui où il pouvait prendre

ses aises, ce qu'il fit en soupirant et revint lentement vers la cabane près de laquelle il s'assit sur un des parpaings qui tenaient les planches les toiles et les cartons constituant les murs.
Il savait où et qui lui laisserait prendre un autre caddie mais il regretterait celui-là.
Et il n'aimait pas trop les nouveaux tout en plastique.
Ils manquaient de classe, ils étaient massifs même s'ils avaient l'air de bien rouler et voyants.
Et des modèles anciens comme le sien, il n'y en avait plus.
En tout cas pas chez ceux qui lui laisseraient en prendre un sans lâcher les chiens ou crier au voleur.
Robert en avait parlé avec Germaine en arrivant hier mais c'est tout juste si elle l'avait écouté.
La logistique c'était lui et elle était capable de s'en passer. Pas lui.
Ils le savaient tous les deux.
Il se promit de ne pas en reparler car de l'indifférence elle était capable de passer à la moquerie et il n'aimait pas qu'elle se moque. Elle était trop forte pour lui.
Tout à ses réflexions il ne vit pas, ni n'entendit qu'elle s'était levée.
C'est l'odeur du café qui en lui chatouillant les narines le renseigna.
Il était intrigué ce n'était pas son heure.
Comme il allait entrer, elle sortit avec à la main deux mugs, décorés et colorés, et lui en tendit un.
Ils restèrent un grand moment à regarder le jour finir de se lever sur la Garonne puis Germaine dit :
-Viens voir les beaux livres que j'ai trouvés hier pendant que tu te battais avec ton caddie.
Robert obtempéra sans un mot.
Sur la caisse couverte d'un plaid rouge et d'un linge blanc qui leur servait de table elle avait posé un tas de livres.
Elle en prit un qu'elle mit de côté près d'elle et l'invita à regarder les autres.

C'était des livres qu'on offre pour un anniversaire ou dans les grandes occasions, des grands livres sur papier glacé avec des illustrations ou des photos d'auteurs.
Des livres grands et lourds à garder dans une bibliothèque, une vitrine ou sur la table du salon pour s'émerveiller et épater les invités.
Robert qui aimait comme elle les beaux livres, qu'il n'avait jamais pu et ne pourrait jamais s'offrir, était sans voix.
Elle avait fait une belle découverte, mais comment elle avait pu, sans caddie, les transporter jusqu'à la cabane ?

Germaine regardait Robert illuminé par sa lecture, par son admiration des livres.
Muet, absorbé, souriant comme jamais, comme un enfant devant un jouet longtemps espéré et enfin, là, devant lui.
Elle savait son goût pour les beaux livres et pour les illustrations, les images, les tableaux, même s'ils n'étaient que photos dans un livre.
Elle savait qu'il avait passé pendant son enfance des heures entières dans les salles du Louvre dont son père était gardien.
Il aimait l'art, surtout la peinture et les maîtres de la Renaissance n'avaient pas de secret pour lui.
Il était capable d'en parler des heures durant et alors il s'animait. Il retrouvait l'enthousiasme de l'enfance et du sachant intarissable.
En le regardant elle le voyait enfant. Elle voyait un enfant, celui qu'ils n'auraient jamais ensemble et qui aurait ressemblé à Robert, à celui qu'elle voyait là plongé dans la lecture.
Le livre qu'elle avait gardé et qu'elle lui montrerait en dernier allait lui plaire, elle n'en doutait pas avec les photos des tableaux des maîtres italiens de la Renaissance.
Tous y étaient.
Elle voulait voir sa tête lorsqu'il redécouvrirait les chefs-d'œuvre reproduits, ceux de Raphaël, Michel-Ange, Giovanni

Bellini, Andrea Mantegna, Titien, d'autres encore et Léonard de Vinci.

Les ombres errantes

Décembre 2020

J'ai toujours aimé le lait de poule songe Robert.
Ils viennent de s'asseoir, Fil de fer et lui, sur les parpaings de part et d'autre de la porte.
Germaine est contente. La cabane de planches et de cartons est maintenant décorée avec ce que Germaine a choisi et en suivant ses consignes.
Fil de fer est satisfait. Il trouve que la déco est réussie comme l'année dernière. Robert est d'accord, il trouve même qu'ils ont fait mieux.
Pourtant Mégot et La Plume les avaient aidés et c'étaient pas des manchots.
Ce qui fait la différence c'est que ce soir ils ont pu disposer dans et autour de la cabane deux guirlandes électriques sur piles. Et ça c'est classe.
Germaine est rentrée et Robert imagine ce qu'elle fait comme chaque fois pour remercier les hommes de leur travail.
Robert a vu les œufs et le lait.
C'est Fil de fer qui a trouvé la guirlande et Robert a échangé les piles contre deux bandes dessinées que Mécano voulait.
En regardant leur travail Fil de fer dit :
- Dommage que La Plume et Mégot ne soient pas là pour voir ce qu'on a fait.
Robert va répondre mais Fil de fer le coupe et poursuit :
- Ils auraient aimé…
Puis son visage se ferme et il ajoute :

- C'est con de penser qu'ils sont claqués tous les deux, on sera peut-être pas là non plus demain, faut en profiter.

Robert ferme les yeux et ne répond pas. Fil de fer le regarde et se tait.

Robert garde les yeux fermés et la tête baissée il pense aux deux disparus cette année et aux autres qui n'étaient pas avec eux pour décorer mais qui étaient à la cloche comme eux et qu'ils ne verront plus. Ils n'échangeront plus rien avec eux.

Fil de fer garde le silence. Il se dit qu'il a gaffé.

Mais non… Robert a relevé la tête et même s'il reste muet Fil de fer voit, parce qu'il a laissé glisser son masque, qu'il sourit intérieurement.

Fil de fer souffle, soulagé et rajuste son masque car il ne veut pas fâcher Germaine. Elle est intransigeante voire féroce avec ceux qui ne le mettent pas ou le portent mal.

Car ce n'est pas seulement La Plume et Mégot qui sont morts du virus mais aussi Radio, Ficelle, Anthony et plusieurs autres comme Fanny, Tita et Jojo. Tous des invisibles comme eux, des invisibles du quartier. Avant ils mouraient de froid et de malnutrition mais cette année le virus a pris sa part.

Robert est passé à autre chose. Il sait que Germaine est aux fourneaux, si on peut dire, parce que dans la cabane il n'y a qu'un réchaud de camping, mais avec Germaine tout parait possible. Et le lait de poule elle sait faire. Elle en fait au moins trois fois par an.

Pour le réveillon de Noël, pour celui de la Saint Sylvestre et pour l'anniversaire de Robert.

Et aussi quand elle veut faire plaisir, surtout à lui.

Dans son petit carnet elle a écrit la recette qu'elle ne regarde plus maintenant mais que Robert aime relire car elle lui fait penser à sa mère et à son livre de cuisine qu'il lisait enfant.

C'est dans ce livre qu'il avait découvert des noms mystérieux comme mandoline, chinois et cul de poule, mais aussi girafe, araignée et corne. Il s'était d'abord demandé « comment on pouvait fouetter une préparation à la girafe et comment on faisait pour égoutter les frites avec une araignée. Ou encore comment mélanger dans un cul de poule à l'aide d'une maryse, et passer l'appareil au chinois avant de le mettre dans un russe. »

Sa mère lui avait expliqué tous ces noms mais les images qui s'étaient formées dans son esprit d'enfant revenaient et ça lui faisait chaud au cœur comme un poème.

Robert lit :

« Dans un bol mélanger le jaune d'œuf et le sucre pendant 4 à 5 minutes jusqu'à obtenir une pâte onctueuse.

Dans une casserole, chauffer le lait avec la cannelle, la noix de muscade. Attention ne pas faire bouillir, juste chaud.

Ajouter le lait chaud sur l'œuf et le sucre en battant sans arrêt avec le fouet, jusqu'à rendre le mélange homogène. »

Ce n'est pas toujours qu'elle a de la noix muscade et de la cannelle mais aujourd'hui, Robert en est sûr, il y aura tout et peut-être même un peu de rhum.

Il est précisé dans la liste des ingrédients à côté de rhum : facultatif et aussi en lettres capitales : pour les adultes.

Il fait nuit, Robert invite Fil de fer à entrer après avoir rajusté leurs masques.

Ils s'installent côte à côte sur les caisses à bouteilles en bois que Robert a couvert de peintures pastel dans des tons roses, verts, rouges et jaunes. Il les a disposées autour des deux caisses qui forment la table déjà recouverte d'un chiffon rouge en guise de nappe.

La cabane est plus éclairée que d'habitude grâce à la guirlande qui ajoute à la lampe tempête de tous les jours.

Sur la nappe Germaine a déjà mis le couvert pour trois avec de vraies assiettes que Robert n'a jamais vues et des verres décorés comme elle les aime.

Les fourchettes et les couteaux ne sont pas en argent, ce sont ceux qu'elle a pris dans le caddie de Robert, ceux qu'ils utilisent toujours, les couverts militaires pour eux et un couteau et une fourchette dépareillés pour Fil de fer. Robert ne les connaît pas. Elle a dû les chiner récemment.

Elle a aussi posé sur la table les victuailles que les bénévoles « Les enfants de Coluche » et d' « Alimentation solidaire 33 » leur ont données tout à l'heure lors de leur maraude.
Ce sont des produits frais, des invendus du marché de Brienne, juste à côté.
Les bonnes odeurs dans la cabane laissent à penser que Germaine a cuisiné ce qui pouvait l'être.
Ils sont sympas ces jeunes dit Fil de fer.
Robert et Germaine acquiescent et Germaine ajoute :
- Profitons-en, Mégot et La Plume ne sont plus là pour en profiter avec nous. Ils étaient invisibles, sauf pour nous, ce sont des ombres errantes aujourd'hui.
- Merci dit Fil de fer, merci de m'avoir invité chez vous. C'est con l'année dernière on était un peu plus serrés mais…

Il n'arrive pas à terminer sa phrase, Germaine et Robert ont la tête baissée, tous pensent en *silence* à ceux qui partageaient encore leur vie, il y a un an, avant la pandémie.

La question

Pourquoi fais-tu autant de bruit en mangeant ?
Robert releva la tête, la cuillère en suspens au-dessus de son assiette et regarda Germaine qui ne le regardait pas ; tournée vers le réchaud elle touillait, les mouvements de son épaule droite en attestaient, mais que touillait-elle ?
Robert ne savait pas.
Il ne put s'empêcher d'ouvrir grand ses narines et de renifler pour essayer d'en savoir plus.
Car si Germaine était aux fourneaux ce n'était pas pour rien, Robert le savait.
Elle ne cuisinait pas souvent, mais quand elle cuisinait, ça valait la peine de s'y intéresser et d'être là.
Il n'arriva pas à savoir et renonça très vite. Il saurait bientôt.
Il termina sa soupe en silence et se demanda pourquoi elle lui avait dit ça...
C'était la première fois.
Avait-il vraiment fait du bruit ?
Avec sa bouche, avec sa langue, avec la cuillère sur l'assiette ?
Non, il était sûr de n'avoir pas fait de bruit.
Mais alors pourquoi ?
Il allait la questionner quand il songea que le ton qu'elle avait employé n'était pas en rapport avec la question qui lui parut même ne pas en être une.
Il n'y avait aucun reproche dans la voix alors que la question en formulait un.
En fait rien de tout ça ne lui ressemblait.

Robert décida de ne pas répondre et elle ne semblait pas attendre de réponse.
Il la regardait, le dos toujours tourné et occupée, mais elle ne touillait plus.
Même lorsqu'il lui arrivait de trop boire et qu'il ne rentrait pas très frais et parfois malade à la cabane, Germaine n'était jamais dans le reproche.
Une fois même qu'il était parti, pas longtemps certes, mais il était parti avec son caddie et toutes ses frusques, elle lui avait offert à boire sans lui chercher querelle.
Il avait bu un coup et il était parti.
Elle ne lui avait fait aucun reproche lorsqu'il était revenu.
Elle était comme ça Germaine.
Sa question n'avait pas de sens.
Il en était là de ses réflexions et s'apprêtait à se lever pour aller vers elle voir ce qu'elle faisait et comprendre la raison de ses paroles.
Il était encore assis lorsqu'elle se retourna.
Elle souriait.
Et le sourire de Germaine valait le déplacement.
C'était quelque chose.
Le soleil était pâle en comparaison.
Elle s'avança et posa sur la caisse couverte d'un plaid rouge et d'un linge blanc qui leur servait de table deux grands verres décorés comme elle les aimait remplis d'un breuvage blanc.

Robert s'en voulut de n'avoir rien senti ni compris pourquoi elle touillait.
Elle avait fait un lait de poule.
Comme elle en faisait dès qu'ils pouvaient avoir des œufs frais et du lait.
C'est ce que Robert avait ramené aujourd'hui en même temps que son nouveau caddie.
Toutes les chances le même jour songea Robert.

Il avait aussi ramené un gros lot de livres qu'il avait donné à Germaine dont c'était la spécialité.

Elle aimait lire, connaissait les livres, et savait comment les valoriser.

Lui aimait les livres sur l'art et les belles illustrations mais il lisait moins qu'elle.

Elle aimait tant la lecture qu'il lui arrivait d'avoir devant elle un livre ouvert alors qu'elle faisait autre chose, y compris la cuisine.

Ils en riaient souvent ensemble.

Elle avait ses acheteurs ou ses troqueurs, souvent les mêmes que pour ses assiettes et verres décorés.

Il n'avait pas les mêmes.

Germaine s'amusait souvent à dire qu'à eux deux ils avaient une plus grande palette d'expansion et que c'était leur force sur le marché concurrentiel des clodos actifs.

Mais aujourd'hui c'est lui qui avait eu la main heureuse et il était temporairement devenu son meilleur fournisseur de livres.

C'est pas souvent qu'elle avait des livres neufs.

Il était assez content de lui.

Germaine aussi était contente de lui et la récompense était là sur la table : Un lait de Poule.

Comme celui que lui faisait sa mère lorsqu'il était enfant.

Elle déposa aussi sur la table à côté des deux verres un des livres qu'elle venait de sortir de la poche de son tablier blanc et rouge, celui qu'elle lisait lorsqu'elle cuisinait et que Robert avait déniché un soir d'hiver.

Sur la couverture un chien à lunettes avec des bajoues et tout fripé.

Le même chien que celui qu'on voyait en ce moment sur les murs pour la sortie d'un film.

Et le même titre. « Mon chien stupide »

Elle l'ouvrit et le mit sous les yeux de Robert.

Au début de la page la phrase était là, celle qu'elle venait d'énoncer et dont il avait cru un instant qu'elle lui était adressée.

Elle n'avait pu s'empêcher, dès qu'elle l'avait lue, de la prononcer à voix haute.
Elle n'attendait pas de réponse.

Le caddie récalcitrant

En vingt ans il avait parcouru avec son caddie plus de distance qu'il n'en avait parcouru seul pendant les vingt années précédentes et ce n'est pas aujourd'hui que la tendance allait s'inverser.
Il fallait qu'il se rende de l'autre côté, sur la rive droite, où il n'allait pas souvent.
Il avait appris qu'un magasin de bibelots et verroterie fermé depuis des années allait réouvrir en boutique de téléphonie mobile et tout ce qui restait du stock du commerce précédent avait commencé à être déposé sur le trottoir pour que les passants se servent.
C'est le gros Dédé qui lui avait donné le tuyau.
Il y avait des verres et Dédé savait que Robert en cherchait toujours pour Germaine.
Elle les aimait décorés et colorés mais Dédé ne savait pas s'il y en avait. Il verrait bien sur place.
Il était parti tôt et avançait aussi vite que son caddie le permettait.
Il fallait faire avec.
Il était déjà sur le Pont de Pierre et la montée n'avait pas été facile surtout qu'il faisait déjà chaud.
Pourtant il l'avait déchargé de presque tout avant de partir de la cabane, mais pas de toutes ses frusques. Il ne pouvait pas.
Germaine en riait parfois mais elle avait compris et ne se moquait plus.
C'était son minimum vital, sa sécurité, son identité.
Jamais il ne se séparait de son missel illustré en cuir doré ni de sa tocante qui indique même les quartiers de la lune, pourtant il n'allait jamais à la messe et sa tocante ne sonnait plus l'heure depuis longtemps, mais c'était à lui comme ses dominos en ivoire qu'il avait trouvés lors de son premier jour de cloche avec

son survêt du Barça. Il ne jouait jamais aux dominos et ne mettait jamais le survêt. Il les possédait.
Tout ça ne pesait pas bien lourd mais le rassurait.
Son caddie, le quinzième en vingt ans, était son compagnon, son outil, son esclave, son coffre-fort, son prolongement mais aussi parfois, comme aujourd'hui, il devenait son maître, son empêcheur de faire, son frein et il se sentait esclave à son tour de son charriot à roulettes.
Depuis qu'ils étaient partis il n'avait cessé de lui compliquer la vie.
Il avait commencé en tirant à droite effrontément comme s'il voulait changer de côté, comme si un danger imminent menaçait à gauche. Après quelques coups de pied magistralement ajustés il avait presque roulé droit, apparemment moins apeuré par la menace de gauche mais ça n'était pas sans bruit. Des plaintes, des cris de frayeur avaient remplacé les tentatives de fuite vers la droite, on n'entendait qu'eux et Robert n'avait pas d'huile pour y remédier.
À six heures du matin, il aurait aimé un peu plus de discrétion mais sans huile la parole n'y faisait rien sauf à ajouter du bruit au bruit.
Robert y avait donc renoncé.
Il avait bien continué, in petto, à lui parler mais sans réussite.
Pourtant d'habitude ça marchait.
Ses caddies lui obéissaient généralement bien. Il passait même pour un virtuose parmi les copains de la cloche.
Heureusement, pour l'instant, il n'y avait pas de témoin de son infortune.
Sa réputation en aurait forcément souffert.
C'est arrivé à l'autre bout du pont que les choses prirent une tournure fâcheuse.
Robert et son caddie venaient de franchir le passage clouté et se dirigeaient vers Le Lion bleu anguleux de la place Stalingrad quand le caddie se figea dans une position franchement ridicule le nez vers le pavé.

C'était comme s'il avait eu peur du Lion, de ses angles ou de sa couleur.
Robert tout à son effort faillit passer par-dessus la barre.
Jamais aucun de ses caddies ne l'avait lâché aussi brutalement et pendant un temps qui lui parut trop long il ne sut plus quoi faire.
Enfin il se reprit. Il allait falloir trouver où ranger le caddie en attendant de le réparer ou de le jeter à la décharge.
Il cherchait le bon endroit autour de lui quand retentit la voix de Jeremy chaude et toujours bienveillante.
Jeremy le gamin de l'Asso « Les enfants de Coluche » qui était là avec ses copains toujours à s'occuper des autres, des sans-abris comme lui. C'est eux qui distribuaient des paniers repas à la gare Saint-Jean et alentour.
Il ne leur fallut pas longtemps pour embarquer le caddie dans l'estafette et proposer à Robert de le déposer où il voulait.
Jamais Robert n'aurait accepté en temps normal mais là plus rien n'était normal et il monta avec son sac et ses frusques en direction du supermarché qui accepterait de lui donner son seizième compagnon à roulettes.

Par ici la monnaie

Robert se promenait de long en large devant la banque en restant à distance sur la place. Souvent il avait pu prendre des cartons pour servir de tapis de sol dans leur cabane ou des listings d'ordinateur mais ils n'en avaient plus aujourd'hui.

Il n'avait pas pu savoir pourquoi, seulement que le directeur avait changé et les règles avec lui.

Il se souvenait qu'un jour Germaine leur avait fait, à Fil de fer et lui, un vrai cours sur les banques et sur la monnaie.

Sans les banques et sans la confiance faite aux banques il n'y aurait pas de monnaie avait-elle affirmé.

C'est parce que tout le monde avait confiance que les pièces et les billets étaient acceptés par chacun qui avait la certitude que ces bouts de papiers et ces pièces auraient de la valeur pour les autres.

Robert avait toujours cru que c'était l'Etat qui créait la monnaie et elle leur avait expliqué qu'il n'en était rien, que ce n'était pas l'Etat mais les banques en accordant des crédits.

Le vigile venait d'ouvrir la porte. Aussitôt des clients passèrent le seuil.

Elle leur avait raconté que dans des temps plus anciens et aujourd'hui encore dans quelques peuplades isolées d'Amazonie ou d'Afrique c'étaient des objets qui servaient de pièces de monnaie, des coquillages, des pierres taillées ou des pointes de lances puis des pièces métalliques.

Fil de fer intrigué avait demandé comment c'était possible d'accorder de la valeur à ces objets que chacun pouvait ramasser ou fabriquer.

C'est la confiance entre les hommes qui le permet avait répondu Germaine et elle avait ajouté que ces objets servaient d'unité de troc plus que de vraie monnaie mais comme les hommes se faisaient confiance ils les acceptaient en paiement sachant que les autres les accepteraient à leur tour sans discussion ni crainte.

Une grosse berline noire aux vitres sombres venait de se garer et cachait maintenant l'entrée, Robert décida de s'approcher.

Il avait appris qu'un autre directeur venait d'arriver et il espérait que les règles avaient à nouveau changé.

C'est plus tard, quand les banques se mirent à prêter, autrement dit à faire crédit qu'elle se mirent à créer de la monnaie. C'est parce que le prêteur fait confiance à l'emprunteur que celui-ci dispose des sommes prêtées comme si elles étaient à lui et peut à son tour les remettre à un tiers en échange d'un bien, d'un service ou en les prêtant à son tour.

C'est que chaque nouveau directeur d'agence pour assoir son pouvoir montrait ses muscles en édictant d'autres règles que celles de son prédécesseur. Ça Robert l'avait bien remarqué.

Ils ne pouvaient pas changer les règles des opérations de banque, alors ils changeaient la couleur des murs et la disposition des bureaux et aussi les règles de gestion des déchets journaliers

Peut-être que quelqu'un au guichet pourrait lui en dire plus.

Plus il y a de crédits distribués plus il est possible de faire des affaires et c'est cette création de liquidités qui constitue la création de monnaie.

Germaine avait poursuivi en répondant à l'interrogation de Robert que les banques créent en distribuant des crédits et que les États ne sont là que pour frapper la monnaie, assurer la sécurité des transactions par la prééminence du droit, par la lutte contre la fausse monnaie et garantir ainsi la confiance. Ils intervenaient ensuite pour réguler le volume des liquidités par leur action sur les taux directeurs.

Robert est fier de Germaine, il est fier d'être son mec. D'être celui qu'elle a choisi.

Il est fier que pour les amis de la cloche Germaine soit, suivant les moments, surnommée La Tronche, La Daronne ou encore Maitre ou La Notaire son ancien métier. Elle est celle qui sait.

Robert pensait avoir tout compris sur le moment mais, aujourd'hui devant la banque, en y repensant, il se dit que tout se mélange dans sa tête et qu'il aurait du mal à répondre à une interrogation de Germaine.

Mais ça ne risquait rien. Germaine donnait, elle ne reprenait pas.

Elle ne chercherait pas à le mettre dans l'embarras. Elle se contenterait d'expliquer à nouveau.

Alors que Robert se décidait enfin à entrer dans la banque tout s'accéléra.

Trois hommes en capuches et masques noirs en sortirent en le bousculant violemment.

C'est les fesses et la tête endolories, assis sur le trottoir, qu'il les vit s'engouffrer dans la berline aux vitres sombres après avoir jeté dans le coffre de gros sacs beiges en toile de jute. L'instant d'après la sirène de la banque criait au secours et la voiture démarrait en trombe. Avant de s'évanouir Robert songea que ce n'était pas aujourd'hui qu'il saurait pour les cartons et les listings et que ces individus avaient incontestablement une vraie confiance dans les billets de banque.

Coïncidences

En arrivant au château pour ses septièmes vendanges, il se remémorait celles qu'il avait faites quatre ans plus tôt. Elles signifiaient beaucoup pour lui.
C'était la troisième année d'affilée qu'il venait faire les vendanges au château Haut-Brion à Pessac.
Il y était comme chez lui, apprécié pour sa dextérité et son savoir-faire acquis la première année grâce à son sens inné du soin des baies.
Un sens qu'il ne se connaissait pas et qui lui venait à n'en pas douter des vendanges qu'il avait faites, enfant, dans les vignes de Provence avec ses parents.
Il était passé, comme les années précédentes, par l'allée en gravier menant au petit chai de rangement des outils de vendange, poussant son caddie, avec pour unique ambition de l'y mettre à l'abri, quand un grand type mince et beaucoup plus grand que lui se planta devant la porte en bloquant le charriot d'un pied chaussé d'une chaussure Ranger étincelante
Robert interdit, leva les yeux vers les yeux bleus de l'importun qui ne souriaient pas. D'ailleurs le reste de son visage brun et halé ne souriait pas non plus. Et ça ne plut pas à Robert.
Il n'avait jamais vu ce gars.
Ça n'était quand même pas lui qui allait faire la loi, pas un nouveau quand même.
Il chercha des yeux le maître des vendanges ou le chef de culture grâce auxquels il revenait tous les ans et ne les voyant pas il décida de s'expliquer lui-même.

L'homme n'avait toujours pas dit un mot et l'écoutait attentivement sans jamais l'interrompre ni acquiescer ce qui mettait Robert mal à l'aise.

Puis son pied libéra le caddie, un sourire illuminant son visage et il lança un sonore « bienvenue Robert » qui laissa ce dernier sans voix.

Je m'appelle Henri Lamour, je suis le nouveau chef de culture et je suis heureux que vous soyez toujours des nôtres.

Il avait entendu parler de Robert par son prédécesseur qui d'ailleurs serait là encore pour ces dernières vendanges et l'ayant vu arriver bien avant tout le monde, il avait décidé de l'accueillir à sa façon, en blaguant.

Robert découvrirait plus tard que c'était sa manière d'être. Il était pince-sans-rire et aimait faire des blagues. Mais sur le moment son humour lui parut lourd et insipide et il n'eut pas envie de rire.

Il découvrirait aussi qu'il était le plus souvent sérieux sans jamais se prendre au sérieux.

Mais Robert et Henri étaient loin d'imaginer que leur rencontre recèlerait plus de coïncidences insolites que de blagues.

Ça commença quand Henri en regardant l'état des effectifs des vendangeurs remarqua deux choses : la date de naissance de Robert et son nom de famille.

Robert Damour né le 29 septembre 1960 soit trois ans plus tard que lui mais également le jour de la Saint Michel

Ils étaient des quasi-jumeaux puisqu'ils étaient nés tous les deux un 29 septembre et ils portaient presque le même patronyme.

C'est après la journée de vendanges qu'Henri raconta à Robert sa découverte ce qui les amusa tous les deux. Puis il lui demanda s'il avait des parents en Provence, des Damour qui avaient disparu dans les gorges du Verdon en laissant deux orphelins, un garçon de huit ans et une petite fille plus jeune .

Il s'en rappelait parce que son père capitaine de gendarmerie à l'époque avait été en charge de l'enquête sur cette disparition et que les deux enfants habitaient, dans le village voisin du leur, chez leurs grands-parents.

Il s'en rappelait aussi parce que ces enfants portaient presque le même nom que lui.

A l'école les enfants parlaient et Henri, qui avait onze ans, était questionné par ses copains qui auraient aimé savoir ce que les gendarmes découvraient.

Son père n'avait jamais répondu mais Henri se souvenait des questions que tous se posaient sur l'avenir de ces enfants après la disparition de leurs parents.

Robert s'était d'abord figé sur sa chaise puis avait confirmé qu'il était bien l'enfant aîné de ce couple.

Le lendemain et les jours suivants Henri et Robert n'eurent pas l'occasion de reparler des coïncidences qui les rapprochaient car Henri était très sollicité par les travaux de la vendange.

Ce n'est que le dernier jour au moment des agapes de la Gerbaude qu'Henri et Robert purent à nouveau parler de leur passé devenu commun.

Henri avait eu au téléphone son ancien gendarme de père qui se rappelait très bien des deux enfants et des grands-parents qu'il avait aidés dans leurs démarches pour recueillir leurs petits-enfants.

Il s'était souvent demandé ce qu'ils étaient devenus après la disparition des grands-parents survenue peu de temps après alors qu'il avait changé d'affectation. Surtout la plus petite Marie qui n'avait que quatre ans.

Robert ne savait pas lui non plus ce qu'était devenue sa petite sœur. Il n'avait plus eu de nouvelles après leur placement dans des familles d'accueil distinctes et n'avait pas réussi à en avoir.

Son regard se voila un instant et regardant devant lui, dans le vague, pour qu'il ne remarque pas son émotion, il vit, épinglé à la veste d'Henri, l'insigne argent et or au parachute bordé d'une aile de part et d'autre de la voile et lesté d'une étoile à cinq branches au bas des suspentes, l'insigne du brevet militaire parachutiste.

Il sortit alors de son porte-monnaie, pas le morlingue en croco, mais celui de tous les jours en vachette, le même insigne et la posant sur la table il déclara : 6éme RPIMA Mont de Marsan 1979
Décrochant le sien et le plaquant à côté Henri affirma en riant, je dis mieux : 6éme RPIMA Mont de Marsan 1976… et tu sais pourquoi j'ai été para dit-il en passant pour la première fois au tutoiement, parce ce que mon père l'était.
Et moi dit Robert c'est parce que je suis né, à midi, le jour de la Saint Michel.
Ma grand-mère et mon grand-père parlaient comme on parle à la campagne, à chaque Saint Michel, du renouvellement des baux ruraux qui se signent ce jour-là. Et ma grand-mère ne manquait jamais de dire que c'était le saint protecteur des aviateurs et des parachutistes. Quand il a été question de m'engager mon choix était fait.
Arrête de galéjer dit Henri, je suis moi aussi né à midi.

L'un comme l'autre, eurent alors la même pensée fulgurante qu'ils n'attribuèrent pas à Truffaut: La vie a plus d'imagination que nous.

COURTES FICTIONS

Nouvelles variées au fil des ans et de la plume

Freedom

Enfin, je vole ! Waouh ! Quel Pied !
Je vole au-dessus de la rue. Je vole au-dessus de la ville. Je suis libre.
Je ne suis pas le velléitaire stigmatisé par les plaisantins en blouses blanches de la faculté de médecine. Je leur prouve à tous que je peux voler ... de mes propres poumons, de mes propres os. Grâce à la maitrise de ma fonction respiratoire, je suis plus léger que l'air. Les os de mes bras et de mes jambes et de tout mon corps sont remplis d'air. Je m'autorise à faire ce que j'ai toujours voulu faire. Je m'autorise à voler… C'est magnifique… je vole ! J'ai réussi.
Aïe ! Ouille ! Je viens d'atterrir. Mais sans train d'atterrissage, je crains d'avoir cassé un peu de bois. Je vais encore devoir passer par la case hôpital.
Vu les douleurs sur tout mon corps et le sang qui me coule sur le visage, je serai en réparation pour un bon moment. Je risque de ne plus beaucoup voler ces prochains mois.
Je serai soigné, c'est ce que j'ai entendu, à Charles Perrens. Pourquoi Charles Perrens ? Robert Picqué est plus proche de chez moi et ils ont un service orthopédique au top. Je leur dirai, ils ont dû se tromper. Ou alors, c'est encore un coup des hommes en blanc.
Ils seront vos anges gardiens pendant au moins trois mois, vient de me murmurer un brancardier en me hissant dans l'ambulance.
-Vous aurez une chambre capitonnée a ajouté en souriant son collègue.

-Vous n'aurez, malheureusement, pas de piste d'envol a repris le premier.
Et pourtant...Je compte bien reprendre mes recherches et mes entraînements Je profiterai de mon temps libre pour m'entraîner et améliorer mes performances de respiration abdominale.
Je préparerai ma prochaine tentative de vol absolu.
La prochaine fois, je réussirai... c'est sûr !
Pour l'instant, c'est encore un échec, mais un demi échec seulement car j'ai bel et bien volé et plus longtemps et plus haut que la dernière fois.
C'est l'atterrissage que j'ai raté.
Bien sûr, j'ai volé sur une moins grande distance que Clément Ader pour son premier vol. Mais lui il avait un avion et un moteur. Et lui aussi il a cassé du bois à l'atterrissage.
Pourtant, ma préparation avait été parfaite.
Plus complète que l'année dernière.
J'ai appris tout ce qui pouvait l'être sur le vol et notamment sur celui des oiseaux.
Je suis devenu un spécialiste.
Je sais tout et j'ai réussi à trouver un procédé pour réduire le poids de mon corps.
Grâce à la respiration abdominale contrôlée.
J'aurais aimé le faire breveter mais le professeur Loiseau m'a ri au nez quand je lui ai présenté, schémas à l'appui, tout l'intérêt de ma méthode.
Il m'a fait pitié ce petit bonhomme en blouse grise qui croit être le spécialiste du vol animal au collège de France.
Un théoricien, un universitaire timoré, un professeur Tournesol sans génie, voilà ce qu'il est. Il m'a presque jeté dehors.
Mais je ne lui en veux pas. Comme je n'en veux pas à papa de ne pas m'avoir suivi dans mes tentatives.

Trop haut me disait-il, tu veux aller trop haut, tu risques te brûler les ailes.

Ils n'ont pas la foi de celui qui comme moi sait, mais qui reste incompris jusqu'à ce qu'il fasse la preuve de la pertinence de ses idées.

Comme Leonard de Vinci, comme Jules Verne.

Encore que lui, il a triché. Il s'est caché derrière des historiettes qu'il présentait comme de la fiction. En fait il n'avait pas assez la foi.   Moi je suis un scientifique et un précurseur.

J'ai payé de ma personne comme Clément Ader. J'ai raté l'atterrissage, seulement l'atterrissage.

Je recommencerai et je réussirai.

Le médecin vient de m'examiner. Pas de blessures graves a-t-il affirmé. Il a une chance insolente, c'est moins grave que la dernière fois, Il n'a rien de cassé.

Les contusions se résorberont aussi vite que les égratignures.

Et, s'adressant à moi : comment vous sentez vous mon cher Icare ?

Je lui tourne ostensiblement le dos sans répondre. Qu'il aille se faire pendre avec son ironie de pacotille.

Icare n'avait rien compris avec ses plumes et sa cire.

Il a été trahi par la matière, moi je m'en affranchis.

Je suis sur le point de répondre au porteur de stéthoscope quand j'aperçois une jeune infirmière blonde qui vient d'entrer dans la chambre.

Elle s'approche de mon lit alors que le toubib et sa cour se dirigent vers la porte qu'elle vient de passer dans l'autre sens.

Je les ignore aussitôt, pour contempler l'apparition qui s'approche de moi avec un sourire d'ange.

En souriant elle me pose une main sur le front et porte à mon oreille le thermomètre électronique qu'elle tient dans l'autre.

Quel sourire !
Je me sens tout à coup plus léger, sans avoir eu besoin de recourir à la respiration abdominale contrôlée.
Si la fenêtre était ouverte, je suis sûr que je pourrais prendre mon envol. Mais je n'en n'ai plus envie.
Je préfère rester là avec elle, je volerai plus tard.
A moins qu'elle ne consente à s'envoler avec moi ?
Il va falloir que je lui demande. Elle est si rayonnante, si douce, si belle... et elle continue de me sourire.
Je lui rends son sourire.
Comment vous sentez-vous ?
Quelle musique merveilleuse que le son de sa voix !
Je m'entends répondre : « ça va »... dans un coassement de crapaud enroué.
Elle éclate de rire. Une cascade de sons cristallins sort de sa bouche.
Elle est encore plus belle quand elle rit.
Je n'en crois, ni mes yeux, ni mes oreilles. Est-il possible d'avoir tous les dons ?
Je ne serai jamais à la hauteur.
Quoi qu'en volant ! Elle devrait m'admirer.
Je m'enhardis et prends sa main qui prenait mon pouls.
Elle ne la retire pas et continue de sourire en me regardant dans les yeux.
Nous nous regardons sans parler.
Nos doigts se croisent.
Son visage se penche et s'approche du mien.
Nos lèvres se frôlent, puis se touchent et nous nous embrassons.
Quel bonheur !
Ça vaut tous les vols du monde.

Quoique

Marianne au bistrot

Bob, le patron du bistrot accueillit Marianne avec un salut complice, presque amical.
Il aimait bien la petite brunette qui s'installait depuis plusieurs semaines, tous les jours à la même place, son ordinateur portable posé devant elle et qui passait la matinée à tapoter sur les touches ou à lire quand elle ne paraissait pas rêver, le regard perdu au-delà de la baie vitrée vers le square de l'autre côté de la rue, ou vers le bar comme absorbée par les paroles des consommateurs lorsqu'ils n'étaient pas trop nombreux.
Elle lui plaisait cette gamine, elle aurait pu être sa fille, habillée simplement, le plus souvent en veste et pantalon en jean, parfois en jupe et chemisier blanc.
On aurait dit une lycéenne mais elle devait avoir trente ans, peut-être plus, il ne savait pas.
Il n'avait pas osé lui demander les rares fois où ils avaient parlé autrement que pour la nécessité du service. Elle commandait invariablement un café en arrivant, un Perrier tranche au milieu de la matinée et à nouveau un café avant de partir vers midi et demi.
Lorsqu'il y avait beaucoup de monde, elle paraissait s'enfermer dans sa bulle de musique les écouteurs sur les oreilles alors qu'elle ne les mettait jamais autrement.
Le plus souvent elle semblait plus écouter les clients qu'écrire et pourtant Bob pensait qu'elle écrivait. Quand elle se mettait

soudainement à malmener à toute vitesse les touches de son ordinateur, c'est sûr, elle écrivait.

Aujourd'hui à côté de son ordinateur, sur le formica rouge, elle pose une *cigarette électronique* à la place du paquet de cigarettes habituel. Ce paquet de cigarettes l'intriguait depuis le premier jour. Il ne l'avait jamais vu fumer dans la cour aménagée à l'arrière en fumoir à l'air libre. Et aujourd'hui elle avait une vapoteuse, comme une accro au tabac.

Il faudrait qu'il en parle avec elle.

Il aimait bien la voir s'installer mais essayait d'être discret. Il n'aurait pas voulu la gêner et aurait été ennuyé d'être pris pour ce qu'il ne voulait pas être : un importun sournois ou un espion maladroit.

Marianne s'installa le plus confortablement possible sur la banquette en faux cuir noir.

Il lui tardait que ça se termine, et ça se terminait. Elle n'avait pas toujours été sûre d'avoir le courage d'aller jusqu'au bout.

Le magnétophone enregistreur avec activation vocale était plus sensible à la voix que celui qui l'avait lâché hier. Ce n'était plus un paquet de cigarettes mais il était presque aussi banal et discret, il ferait l'affaire.

Il lui restait à l'appairer avec l'ordinateur par l'entremise de la fausse clé USB jaune de 2 gigas qui permettait en fait de faire communiquer en Bluetooth la fausse cigarette électronique et l'ordinateur.

Elle avait ainsi deux enregistrements : un sur son PC et l'autre sur la vapoteuse. C'était une bonne précaution.

Comme elle en terminait avec la connexion Bob s'approcha avec son café quotidien.

Il était sympa Bob.

Il était attentif à tout et à tous.

Il savait écouter. Il écoutait et il donnait son avis comme une banalité ou plutôt une évidence qui sonnait, sans y paraître, comme un conseil et un bon conseil d'ami.

Elle s'était rendue compte que celui à qui il était prodigué revenait le lendemain ou quelques jours plus tard raconter à Bob ce qu'il en avait fait et ce qui, le plus souvent, avait réussi que ce soit avec un enfant, une compagne ou même un voisin ou la concierge.

Il écoutait et on l'écoutait et les rares fois où il élevait la voix le perturbateur prenait la porte sans délai sinon sans rouspéter ou il rentrait dans le rang.

Avait-il été militaire ou curé avant de tenir un bistrot ?

Il faudrait qu'elle en parle avec lui.

Bob avait posé la tasse de café sans sucre et un verre d'eau et était retourné vers son comptoir. Elle se dit que ce serait pour plus tard, pour quand ça serait fini. Pour après s'il acceptait. Il pouvait ne pas vouloir et elle le comprendrait.

Elle avait bien fait de choisir ce bistrot en plus de celui qu'elle fréquentait l'après-midi et des deux autres un soir sur deux. Il s'ajoutait à la vingtaine d'autres endroits étudiés dans la première phase de son enquête mais ce serait sans doute ce bistrot et son tenancier qui resteraient les plus remarquables pour elle.

Elle avait un bon panel. Son projet était près d'aboutir. Au bout de deux ans d'enquête elle avait matière à écrire et à terminer enfin.

Elle voulut prendre la tasse mais contre toute attente celle-ci choisit l'indépendance et se renversa sur la table.

Elle attrapa son sac pour prendre un mouchoir en papier et réparer sa maladresse qui se répéta avec le sac qui laissa échapper sur la table une partie de son contenu.

Quelle gourde je fais pensa-t-elle en s'efforçant de tout remettre en ordre. Elle entreprit d'abord de sauver de la noyade et sécher le petit bijou en forme d'éléphant rapporté de son voyage en Inde qui gisait dans le café puis la carte du métro de NY qui n'avait pu tout à fait l'éviter. C'était elle aussi un souvenir de voyage mais plus récent, pour la Conférence Internationale de Psycho-Sociologie qu'elle avait couvert pour son journal l'hiver dernier.

Lorsque tout fut nettoyé et rangé elle se remit à l'écoute de ce microcosme qu'elle avait entrepris quelques années plus tôt d'étudier.

Bob avait entretemps posé sans rien dire, une autre tasse de café sur la table mais à distance.

Bientôt elle passerait à la phase de rédaction définitive sur la base de ses notes quotidiennes et des enregistrements retranscrits déjà rédigés au fil de l'enquête.

Le titre de son ouvrage à paraître au printemps prochain était trouvé depuis longtemps.

Sociologie des bistrots parisiens à travers les histoires au bord du comptoir.

Bob y aurait sa place et elle pourrait parler.

Ce soir ils parlent

La nuit, je mens.
Je prends des trains à travers la plaine
La nuit je mens Je m'en lave les mains

Les paroles et la musique ajoutent au bruit ambiant des discussions de comptoir.

Marianne assise sur la banquette de skaï noir a posé devant elle sur la table rouge son ordinateur portable blanc, la fausse vapoteuse mais véritable enregistreur à commande vocale, la clé USB jaune et les écouteurs connectés au PC

Elle semble absorbée par l'écran.

En fait, comme toujours, elle écoute les discussions.

Son dernier livre sur la sociologie des bistrots parisiens est depuis plusieurs semaines un succès de librairie qui ne se dément pas.

Mais personne dans le bistrot n'imagine qu'elle est l'auteur du livre dont tout le monde parle, même eux.

Seul Bob le sait.

J'ai fait la saison
Dans cette boîte crânienne
Tes pensées
Je les faisais miennes

Il n'osait plus espérer la revoir lorsqu'elle était venue lui offrir son livre.

Il relit souvent la dédicace : les remerciements de l'auteur à la contribution involontaire du troquet à son enquête et une mention spéciale pour lui, son tenancier.

C'est surtout la mention spéciale qu'il relit.

Il lui avait avoué qu'il avait imaginé qu'elle écrivait mais n'avait pas osé lui demander confirmation pendant tous ces mois où elle s'était installée toujours à la même place.

Celle où elle est encore aujourd'hui.

Au fond des criques
J'ai fait la cour à des murènes
J'ai fait l'amour j'ai fait le mort
T'étais pas née

Était-elle en train d'écrire un roman, une thèse ?

Il n'avait jamais imaginé qu'elle était journaliste et qu'elle pouvait écrire sur les paroles échangées autour de son comptoir.

Il a ri lorsqu'elle lui a appris.

Il est heureux pour elle de son succès, heureux qu'elle soit à nouveau là.

Ce soir, il lui parle.

On m'a vu dans le Vercors
Sauter à l'élastique
Voleur d'amphores
Au fond des criques

Marianne écoute les paroles de la chanson de Baschung et s'en souvient plus qu'elle ne les entend.

Il lui faut vraiment prêter l'oreille pour passer au-delà du brouhaha des discussions, en ce soir de match de Coupe du Monde entre la France et la Belgique, ponctué par les cris de joie ou de déception mêlés de colère contre, tour à tour, les adversaires, l'arbitre, l'entraîneur ou les joueurs.

Puis la victoire acquise et dignement fêtée chacun des piliers de comptoir devenu arbitre, entraîneur ou joueur assène son avis contesté ou accepté par ses interlocuteurs et le verre de l'accord ou de la réconciliation bu contribue à la montée des décibels.

Bob intervient de plus en plus souvent pour calmer les ardeurs alcooliques et ramener ponctuellement le bruit à un niveau acceptable.

Un jour au cirque
Un autre à chercher à te plaire
Dresseur de loulous
Dynamiteur d'aqueducs

Elle le regarde servir au comptoir les petits blancs dans les verres ballon.

Elle est subjuguée par le geste.

Trois doigts prennent le goulot et la bouteille monte à hauteur des verres déjà disposés.

La main a, dans le même temps, glissé et tient désormais le corps de la bouteille, le poignet tourne et le liquide ambré coule dans chaque verre puis au moment où il affleure le poignet pivote en sens inverse.

Les verres sont pleins à ras bord et pas une goutte n'a osé tomber sur le zinc, même la dernière est retournée dans le goulot au dernier moment, disciplinée.

Dans ce qui semble être le même mouvement discontinu la bouteille a retrouvé la verticale et sa place initiale, dans le bac derrière le comptoir.

T'accaparer seulement t'accaparer
D'estrade en estrade
J'ai fait danser tant de malentendus
Des kilomètres de vie en rose

Bob en même temps n'a cessé de parler avec les buveurs de l'autre côté du zinc.

C'est la centième fois sans doute qu'elle voit cette scène et elle lui semble à chaque fois une nouvelle prouesse.

La nuit je mens
Je m'en lave les mains
J'ai dans les bottes des montagnes de questions
Où subsiste encore ton écho

En écoutant ce tube, Marianne, comme toujours, rêve de voyages improbables, de contrées inaccessibles et d'amour…

Et le visage de Bob s'impose… comme un écho.

Ce soir, elle lui parle.

Tout le monde ne devrait pas être au parfum

Bernard se laissa tomber dans son fauteuil, il ne décolérait pas.
Tous ses efforts pour rester sous les radars semblaient réduits à néant. Il n'arrivait pas à l'accepter.
Cette maladie moderne de la transparence érigée en vertu l'exaspérait.
Comment peut-on faire des affaires en pleine lumière ?
Le secret des affaires pourtant reconnu dans toutes les démocraties devait-il céder la place à cette transparence inquisitoriale ?
Ces soi-disant journalistes d'investigation n'étaient que de vulgaires receleurs d'un vol de documents couverts par le secret professionnel des avocats.
Il avait dû passer toute la journée d'hier à allumer les contre-feux avec ses juristes et ses conseillers en communication. Il était rincé.
Il en avait assez des avocats incapables de protéger leurs dossiers des fuites et des responsables de relations publiques ridiculisés par les journalistes devant des milliers de téléspectateurs avides de sensationnel.
Il ne pouvait pourtant se passer ni des uns ni des autres.
Il avait été tenté, un court instant, d'imposer le silence à tous mais il ne pouvait pas céder à cette tentation.
Communiquer était vital dans l'industrie du luxe dont il était un acteur majeur et les budgets publicitaires essentiels à l'accroissement des ventes et des profits.
C'était le paradoxe de toute sa vie. Désirer le secret et devoir communiquer.
Il ne leur restait plus qu'à essayer de décrédibiliser les journalistes et ils avaient, in fine, pesé tous les mots d'un communiqué bateau qui serait vite démonté par la presse mais

ce serait toujours un jour ou deux de gagnés car le public se lasse vite.
Et quelques journaux amis reprendraient les points marquants du communiqué et participeraient à la critique de leurs confrères.
Il lui avait fallu endurer pendant cette journée toutes les considérations sur l'évasion et la fraude fiscale, sur l'inégalité devant l'impôt, sur le poncif des impôts qui permettent la constitution du bien public, le financement des écoles, des hôpitaux, des routes… sur la problématique de l'optimisation fiscale qui réduit les moyens de les financer sauf en augmentant les impôts de ceux qui ne peuvent optimiser, toutes remarques reprises en boucle par les médias.
Médias qu'il avait bien fallu visionner pour définir la meilleure stratégie.
Il se leva de son fauteuil de cuir rouge et se dirigea vers la baie vitrée.
Le ciel était bleu, sans un nuage. Il songea qu'il aurait été mieux à bord de son yacht, il était agacé d'être là à cause de la jalousie des autres.
De ceux qui ne sont rien et ne supportent pas que d'autres réussissent.
C'est aussi, sans doute, cette jalousie qui pousse les gens à exiger la transparence et les journalistes flattent cette demande pour vendre du papier ou faire de l'audience.
Ils font bon marché du secret…des autres. N'ont-ils pas les leurs ?
Il avait comme tous ses homologues fait en sorte que la pression fiscale ne pénalise pas ses entreprises, ni son patrimoine personnel, mais en toute légalité même si c'était parfois à la limite de l'abus de droit. Souvent même à l'extrême limite mais c'est ce qui fait la différence entre les bonnes solutions et les très bonnes.
Ses juristes étaient là pour ça. Ils devaient faire preuve d'imagination et trouver les solutions les plus habiles et les plus discrètes.

Le système était ainsi, il ne faisait qu'en jouer le jeu le plus adroitement possible en toute conscience.

Si tout devait demain être connu de tous, si le secret n'existait plus, entreprendre ne serait, à son avis, plus possible, ni intéressant.

Il s'approcha du meuble bar signé Philippe Starck, prit un verre à bordeaux, se servit avec délicatesse un verre de Château d'Y.... 1994 et revint s'assoir dans le fauteuil de cuir rouge.

Il fit tourner le vin pour admirer sa robe ambre clair, porta le verre à son nez, le huma longuement, puis satisfait, il le porta à ses lèvres.

Sans le secret des affaires le Château d'Y.... n'aurait jamais pu être à lui.

Il y avait aussi fallu l'habileté de ses juristes et son goût à lui pour les accommodements avec les règles de droit.

Il aimait les contourner et il avait réussi, même s'il lui avait fallu payer plus de trois fois le prix prévu au départ.

Il ne regrettait rien.

Il avait fini par l'avoir, alors qu'il n'était pas en vente et après avoir essuyé, pendant des mois, de multiples refus offusqués des dirigeants majoritaires de l'époque.

Le souvenir de cette transaction et le goût inimitable de ce vin prestigieux lui rendirent le sourire.

*Ce récit est une œuvre de **pure** fiction. Par conséquent toute ressemblance avec des situations réelles ou avec des personnes **existantes** ou ayant existé ne saurait être que fortuite.*

Un beau matin d'été

Assise sur la balancelle, un pied au sol pour la stabiliser, Anna admire le paysage verdoyant qui s'offre à elle.
Elle contemple les collines aux champs de vignes ordonnés décorés par les touches plus sombres des bosquets de chênes et de pins parasols.
Des nuages épars habitent un ciel clair et bleu.
L'air frais et léger caresse ses bras et son visage.
Elle aime ce qu'elle voit, ce paysage qu'elle a toujours connu et qu'elle découvre tous les jours. Elle aime la douceur et la paix qui se dégagent de ce lieu.
De la maison, derrière elle, s'élèvent les bruits familiers de vaisselle des matins d'été quand tous les cousins et cousines sont réunis.
Dans quelques instants ils seront là sur la terrasse pour prendre le petit déjeuner annoncé par l'odeur du café de grand-père qui flotte déjà.
Elle aime être là avant tout le monde dans le silence qui précède le tumulte qu'ils feront tous, elle y compris.
C'est Petit Pierre qui arrive le premier près d'elle et lui saute au cou. C'est le plus petit de la troupe et il aime être avec sa grande cousine. Elle est l'aînée de tous et en a donc naturellement la charge, elle ne se dérobe pas.
Puis tous les autres, les sept autres arrivent et tous, après l'avoir embrassée, se disposent autour de la table sous le grand tilleul.
Grand-père y est déjà et coupe le pain pendant que grand-mère verse le lait qu'elle vient de réchauffer et propose les confitures les plus variées qu'elle a confectionnées tendrement en prévision de cet été.

C'est ainsi tous les jours et ça sera ainsi tous les autres jours pendant tout le temps où ils seront ici ensemble et c'est bien ainsi.

Après ils joueront dans la prairie derrière la maison et ils iront jusqu'au bois qui la borde où grand-père coupera des bois morts pour en faire toutes sortes d'objets et de jouets.

Les jouets les plus amusants et les plus beaux surtout pour les garçons... mais aussi pour les filles. Il est un peu magicien grand-père.

Ils aident tous grand-mère à desservir la table. Une cuillère et un couvercle de pot de confiture tombent au sol en s'entrechoquant. Anna sursaute.

Elle constate qu'il fait soudain plus froid et elle a l'impression que la lumière du jour baisse comme plus tard le soir.

Elle regarde le ciel. Il lui paraît aussi clair que tout à l'heure. Elle a rêvé.

Elle réajuste quand même son gilet machinalement en entrant dans la maison avec le plateau des confitures.

Au moment où elle ressort la marche du seuil lui paraît bizarrement plus haute, ou plus basse, différente en tout cas et les poules qui caquetaient lorsqu'elle était entrée sont muettes.

Patou le chien blanc et noir qui d'habitude gambade et joue avec les enfants s'est couché.

Elle va vers lui pour le caresser et lorsqu'elle approche la main il l'observe avec de la peur dans le regard. Elle ne l'a jamais vu comme ça.

Elle se redresse interloquée et cherche grand-père des yeux.

Il est dans l'embrasure de la porte, en train de sortir et elle le voit se retenir d'un côté, puis de l'autre. Il paraît surpris, puis il chute lourdement.

Anna a tout à coup très peur pour lui mais au moment où elle va pour lui porter secours, il se relève.

En même temps elle a l'impression que le sol tremble sous ses pieds.

Puis grand-mère sort à son tour, lentement puis, aussitôt après, comme en courant.

Elle court vraiment et elle crie. Grand-père crie aussi en courant vers elle, vers eux. Ouf, il n'est pas malade.

Ils crient d'aller au milieu du champ.

Ils s'y retrouvent tous, Patou a suivi.

Ils regardent la maison, elle bouge comme eux.

Les enfants crient et tous s'accrochent à leurs grands-parents qui les rassurent.

Ce n'est rien, une petite secousse, ça ne dure jamais ici. Ça ne sera rien dit grand-mère.

Les cris s'estompent.

C'est alors qu'une secousse plus forte les fait tomber sauf grand-père et Petit Pierre accrochés l'un à l'autre.

Les enfants crient à nouveau mais n'ont rien.

Anna se relève et aide grand-mère à se relever.

Le toit de la maison est en partie tombé en même temps qu'un des murs.

Par la porte d'entrée on aperçoit des poutres et des tuiles à l'intérieur.

Anna se surprend à penser que ce n'est rien puisque grand-père et grand-mère sont là et qu'ils vont bien.

La clarté du jour diminue encore. Le ciel est sombre. Il fait plus froid.

En passant par la Vologne

Le soleil aveuglant faisait briller la surface figée de l'eau.

Céline se réveilla, se redressa, regarda autour d'elle en clignant des yeux.

Il lui fallut quelques instants pour comprendre et se rappeler où elle était, et pourquoi.

Tout semblait s'être ligué pour que rien ne bouge.

La montre à son poignet indiquait 15h15.

Marignan 1515 lui vint à l'esprit.

Évident, sourit-elle.

On n'était pas en septembre et pas en Italie.

On était en juillet au bord du lac de Longemer.

La chaleur qui s'abattait sur les choses et les corps était le principal obstacle à la moindre velléité de mouvement fût-il infime.

Elle n'arrivait pas à se défaire de son habitude de toujours faire dire aux chiffres autre chose que ce qu'ils disent en première intention.

Elle remit les lunettes de soleil qui gisaient dans l'herbe à côté de son sac à dos.

L'heure n'était jamais simplement l'heure.

L'air était immobile comme s'il était lui aussi terrassé par ce soleil implacable qui brûlait tout ce qui n'avait pas la chance d'être à l'ombre.

Son poids sur le pèse-personne le matin n'était jamais simplement son poids.

Surtout en se réveillant.

Elle trouvait toujours une coïncidence, un rapprochement à faire avec des choses improbables.

Quand elle ne trouvait pas, la suite de la journée était maussade.

Elle se souvint qu'elle s'était assise dans l'herbe à l'ombre d'un chêne pour pique-niquer en admirant La Chapelle Saint Florent et le lac.

La plage de galets était inaccessible aux pieds nus et même chaussé personne ne se risquait à s'aventurer vers l'eau.

Pas une voile sur le lac.

Elle était partie tôt ce matin, sans passer par le pèse-personne, pour un pèlerinage le long de la Vologne en pensant à son père avec qui elle avait souvent fait ce trajet.

Elle s'était donc endormie sans s'en rendre compte.

Ça ne l'inquiéta pas mais il allait falloir rattraper le retard si elle voulait terminer le périple avant la nuit.

 Elle se leva, ferma son sac à dos, lui fit dessiner un grand cercle et il se retrouva à sa place sur son dos et ses épaules.

Elle s'harnacha.

Depuis ce matin elle revoyait les lieux qui émerveillaient son père et qu'il avait tant aimé lui faire découvrir et partager avec elle lorsqu'elle était enfant.

C'était un amoureux de la nature connaisseur de la faune et de la flore.

Déjà enfant il n'aimait rien de plus que d'être dehors et ce sont les sciences naturelles qui l'intéressaient mais dans une famille où tous les hommes vivaient de l'industrie il avait dû apprendre un métier sérieux parce que connu des adultes autour de lui.

En passant sur le pont aux fées elle s'était souvenue des confidences qu'il lui avait faites un matin de printemps, là sur ce pont.

Lui le taiseux avait rompu les digues, et il avait raconté.

Son grand-père paternel était ouvrier sidérurgiste et son grand-père maternel ouvrier de papeterie.

Son père avait succédé à son propre père et déjà ses quatre grands frères avaient « choisi », du moins le croyaient-ils, ils étaient sidérurgistes.

Il devint papetier.

Avant de partir faire son service militaire il avait déjà passé plusieurs années à travailler comme conducteur de machine à papier et il était apprécié et certain d'être repris à son retour.

Il aimait bien ce travail mais c'est en fin de semaine qu'il vivait vraiment : à la chasse avec ses frères, et c'est là qu'il voyait sa vie.

Il profita du service militaire pour préparer le concours d'entrée à l'Office national des forêts et c'est en garde des eaux et forêts qu'il revint à la vie civile.

Ce matin-là, alors qu'une biche et ses faons venaient de débouler devant eux, son père ému et rayonnant de joie lui parla de son métier perdu avec passion.

Puis un nuage était passé sur son visage et avait effacé son sourire.

Et là elle avait su pourquoi il était parfois si triste.

Pourquoi il n'était pas garde forestier mais contremaître chez Clairefontaine.

Pourquoi aussi elle ne voyait plus très souvent et jamais longtemps ses oncles et cousins.

Alors qu'elle approchait de la cascade *au Saut des Cuves,* un chevreuil traversa le sentier quelques mètres devant elle.

En quelques sauts il fut hors de vue.

Son père était mort l'année dernière.

C'était aujourd'hui l'anniversaire de sa disparition et jamais ils n'avaient reparlé de sa blessure.

Elle se souvenait.

Elle était venue se souvenir.

La grande crise qui avait frappé la région et vu la fermeture de la plupart des usines sidérurgiques avait réduit beaucoup de familles à une grande précarité.

Ses oncles étaient tous sidérurgistes et fiers de l'être, puis brutalement malheureux de l'avoir été.

Il leur avait fallu s'occuper, ils aimaient et connaissaient la chasse et les forêts de leur enfance.

Désormais, ils y passèrent leurs journées.

Il leur fallut aussi bientôt améliorer l'ordinaire et le braconnage leur parut évident.

Céline s'arrêta pour admirer les îles Marie-Louise au milieu de la Vologne comme ils le faisaient toujours avec son père.

Son père, leur frère eut le tort de parfois fermer les yeux, trop souvent sans doute.

Dénoncé, il fut considéré comme complice, condamné et radié du corps des gardes forestiers.

Elle regarda sa montre et ne put rien faire des chiffres qu'elle indiquait.

Elle replaça sur son dos le sac à dos qu'elle avait posé pendant sa contemplation des îles et reprit sa marche en pensant à lui.

C'est ainsi que l'homme qui adolescent avait choisi la pâte à papier au lieu de la pâte de fer en fusion, l'homme qui avait réussi, un temps, à vivre son rêve d'enfant en devenant garde forestier pour vivre dans et pour la nature, cet homme, son père avait souffert au moins autant que ses frères de la crise des hauts-fourneaux alors même qu'il avait su initialement ne pas être sidérurgiste.

Sans doute avait-il pressenti qu'il devait s'en tenir loin ?

Mais il était de cette terre vouée à la sidérurgie et elle l'avait rattrapé.

Le bon, la brute et le truand

« Tu vois, le monde se divise en deux catégories, ceux qui ont un pistolet chargé et ceux qui creusent. Toi tu creuses. »
Pas mal trouvé se dit-il. Il lui reste à s'assurer que les mouches ne changent pas d'âne car il n'a pas envie de creuser.
Le type est trop retors pour lui laisser la moindre chance de se refaire.
Il ne va pas le perdre des yeux ni de la mire de son pistolet.
Il le regarde s'approcher du trou en surveillant ses mains et en se tenant à distance suffisante pour pouvoir le remettre dans le droit chemin sans risquer de recevoir un coup de pelle. Il continue à le maîtriser de la voix et du geste.
Avec ces bougres il faut être le plus fort et surtout qu'ils le croient.
Son père lui avait dit un jour quand il était enfant : défends-toi, ne te laisse jamais faire mais impose-toi sans te battre si tu le peux. Montre que tu n'as pas peur, et si tu trembles, tremble intérieurement, cache ta trouille. C'est ton adversaire qui doit renoncer à s'en prendre à toi, parce qu'il sera persuadé que ce serait en pure perte et qu'il risque d'y laisser des plumes.
Il avait suivi ces conseils et même s'il avait dû se battre parfois, il avait le plus souvent réussi à l'éviter. Son adresse au pistolet n'y était pas pour rien. On ne lui cherchait des crosses que lorsqu'on ne le connaissait pas.
Tout à coup la pelle passe loin de lui, mais trop près à son goût. Il remet en joue le truand en souriant et en se promettant cependant de faire plus attention.
L'autre se soumet sans rire mais en détournant le regard. Il va remettre ça bientôt, c'est sûr.

Ça n'a pas tardé.
Il s'est jeté au sol, s'est retourné sur le dos et la pierre qu'il a trouvée arrive à hauteur du visage de l'homme au pistolet qui l'évite sans peine mais perd son sourire.
L'instant d'après le lanceur de pierre est debout et part en courant vers ce qu'il pense être son salut, la rivière qui serpente à quelques dizaines de mètres.
Il n'a fait que cinq enjambées quand il tombe lourdement, le talon de ses bottes arraché par deux balles de son adversaire qui l'oblige aussitôt à se remettre debout à coups de pied dans le fondement.
Il est maintenant assez ridicule avec ses bottes transformées en vulgaires chaussures plates très inconfortables pour marcher et encore plus s'il lui prenait à nouveau l'envie de courir, surtout avec les éperons qui traînent.
Il se dit que l'avenir est tout à coup bien sombre, de plus en plus sombre, même s'il en a vu d'autres. Mais pour l'instant il n'est pas du bon côté du pistolet.
Il vaut mieux obéir.
Ils reviennent au point de départ.
Creuse !
Il s'exécute mollement en maugréant.
Très vite la sueur coule dans ses yeux, et sur tout son corps. Le soleil est au zénith et le brûle mais pas question de se plaindre, il faut faire semblant de se résigner. Il finira bien par baisser la garde même s'il se méfie davantage maintenant.
Creuser n'empêche pas de réfléchir mais toutes ses idées ne sont pas utiles pour l'instant et il a soif, de plus en plus soif mais l'autre n'a même pas voulu lui lancer une gourde d'eau.
Creuse !
Creuser n'empêche pas d'entendre et le bruit d'un cavalier qui approche lui donne quelques espoirs. Il écoute en faisant mine de s'essuyer le front pour arrêter le raclement de la pelle sur les cailloux.

C'est bien un cavalier qui approche, il sera là bientôt. L'autre aussi l'a entendu et s'est déplacé pour regarder dans la direction de l'intrus mais sans perdre de vue celui qui creuse.
Il va falloir être rapide et plus malin que tout à l'heure s'il veut lui fausser compagnie.
Il a arrêté de creuser et ils attendent ensemble.
Enfin le cavalier surgit en retenant sa monture dans un halo de poussière de terre brûlée par le soleil.
Les deux compères ont la même réaction de surprise. Le nouvel arrivant au triste visage avec son long manteau noir n'est autre que celui qu'ils ont laissé pour mort deux jours plus tôt. Il paraît bien portant pour un mort. Bien portant et décidé à avoir sa part du magot enfoui là.
Les deux porteurs d'arme s'affrontent du regard, les mains sur leurs pistolets.
Le porteur de pelle en profite pour leur fausser compagnie et se jette sur ses sacoches laissées au sol depuis qu'il a commencé à jouer les terrassiers maltraités. Il y retrouve son arme, celle qui y est restée cachée et qui va une fois encore lui sauver la mise. La crosse en main il se redresse et fait face aux deux autres un sourire grimaçant de satisfaction sur le visage.
Las, il n'a pas vraiment le temps de jouir de ce retournement de situation.
Les deux hommes ont tiré en même temps et il se retrouve sans son pistolet qui lui a sauté des mains et le pantalon sur les chaussures son ceinturon brisé par une balle. Les canons des armes des deux autres sont éloquents qui toujours tournés vers lui indiquent la fosse et la pelle.
Il a compris ce qu'ils n'ont même pas prononcé : creuse !

Une rencontre improbable

Ce matin-là, la mer était belle et limpide, le soleil brillait, le ciel était bleu et habité. Un ciel intelligent. Un ciel de photographe avec de formidables nuages blancs en relief comme de la neige ou de la chantilly bien montée. Un ciel de pâtissier en somme.
Je ne me lassais pas d'admirer l'eau, le ciel, les voiles multicolores des planches et des windsurfs qui étaient déjà là, et de temps en temps mon regard allait à la plage et au rivage pour évaluer mon cheminement.
J'avais promis de revenir avec les huîtres du repas de midi. La prochaine entaille dans le cordon dunaire était ma cible si je voulais arriver à l'heure et ne pas revenir bredouille.
Je commençais à m'éloigner de l'eau pour rejoindre la dune quand un homme en tenue de motard s'approcha de moi en gesticulant et en m'apostrophant.
Je ne compris pas tout de suite ce qu'il disait, ni ce qu'il voulait. Puis je distinguais : - « Hello boy, are you Michel » ?
Il était bizarre avec sa veste à frange des fans de Harley, surtout sur cette plage.
Ce long visage blanc surmonté de cheveux blonds et blancs aux lunettes cerclées d'acier, je le connaissais. Je l'avais déjà vu. Mais où ?
À mon « Yes I am », répondit un retentissant. « I am King, Stephen King ».
J'aurais été assis, je serais tombé de ma chaise.
Un observateur attentif aurait sans doute vu mon menton descendre sur ma poitrine et ma bouche rester béante.
Comme je restais sans voix, celui qui affirmait être Stephen King et qui je dois le reconnaître lui ressemblait continua :

-C'est bien vous qui avez écrit un texte intitulé « Claire » dans un recueil de nouvelles « La plume et l'oreille » paru en 2014 ? Je n'étais pas seulement bouche bée, j'étais sonné. KO debout dès la première reprise. Je cherchais désespérément des yeux l'arbitre mais il n'y en avait pas. J'étais seul. Il n'y avait que King et moi et je ne me sentais pas de taille.

Puis, comme s'il avait perçu mon désarroi, il poursuivît avec un grand sourire amical :- « Oh boy, it's just me, King, votre collègue ».

- « J'ai beaucoup aimé cette nouvelle. J'en ai moi aussi écrit une sur ce même thème de l'invisibilité, subie, réelle ou imaginaire mais je ne l'ai pas publiée. Elle est trop longue. Je n'arrive pas à faire court. C'est pour ça que je voulais vous voir. On m'a dit que je vous trouverai ici ».

Je m'aperçus que je le comprenais mieux qu'au début de notre rencontre. Il agrémentait ses phrases de mots et de tournures en français. Comme dans ses romans avec les nombreux astérisques signifiant « en français dans le texte ». Il me devenait de plus en plus sympathique.

-« Je crois que vous pourriez m'aider, vous et votre coach Nicolas .

Vous savez que j'ai eu moi aussi un coach au tout début quand j'étais jeune journaliste. Il m'a appris à supprimer les mots superflus, supprimer, supprimer encore.

Je termine toujours mes travaux par cette phase de correction-suppression mais je n'en supprime jamais assez… ou j'écris trop ».

Je me demandai s'il était vrai qu'il écrivait vingt pages par jour sans exception et si je lui poserai la question ?

« En fait, je fais comme vous, j'écris intuitivement en partant d'une situation de départ sans bâtir d'intrigue à l'avance. C'est seulement à la fin lors de la correction que je mets en place la thématique ou la symbolique que j'ai repérée. »

-Comme moi, hasardais-je ? Comment ça, comme moi ?

-« Mais bien sûr j'ai lu que vous écriviez aussi de manière intuitive sans savoir par quel détour vous alliez passer même si vous savez peut-être plus que moi où vous voulez aller.
Vous faites comme moi, mais vous faites court. C'est ce que je ne sais pas faire et je voudrais que vous me donniez des conseils pour faire aussi bien que vous ».
Il voulait des conseils, des conseils d'amateur pour un pro. J'avais du mal à y croire. Était-il sérieux ?
Je pensais qu'il suffisait qu'il n'ait pas d'imagination, comme moi. Mais comment faire pour enseigner le manque ?
S'il avait l'imagination d'un poisson rouge c'est sûr qu'il ferait plus court. Cette idée me fit rire. Stephen ne comprit pas pourquoi je souriais bêtement et il se méprit.
-« Vous avez la solution, oh mon cher, c'est formidable… comme vous dites ».
En parlant nous étions arrivés devant la cabane en bois blanche et bleue d'Éric mon ami ostréiculteur.
Depuis que nous nous étions arrêtés je n'avais pas pris le temps de regarder l'étal ce que je fis enfin tout en pensant que je pourrais inviter King à partager quelques huîtres et notre repas. Lorsque je me retournai vers lui pour l'inviter je ne le vis pas à côté de moi. Je le cherchai en faisant quelques pas sur le côté pour voir s'il n'était pas derrière les tamaris au bord de la cabane. En vain.
C'est alors qu'Éric, que je n'avais pas encore vu, s'approcha de moi. Il me regardait d'un air étonné.
-« Comment ça va me dit-il ? » …avec une pointe d'inquiétude dans la voix.
« Je viens d'avoir Annie au téléphone. Elle voulait savoir si tu étais passé . C'est alors que je t'ai vu arriver en faisant des gestes, puis rester devant ma cabane en parlant tout seul. Elle dit que vos invités sont là, que tu es parti tôt ce matin sans ton chapeau et aujourd'hui le soleil tape vraiment très fort. »
Je n'écoutais déjà plus Éric. Stephen était à nouveau là. Il faisait de grands gestes qui signifiaient clairement que je ne devais pas

l'écouter. Son doigt tournant en vrille sur sa tempe était sans équivoque.
Il s'adressait à moi en silence à califourchon sur le toit de la cabane et me faisait signe de le rejoindre en se moquant d'Éric avec des grimaces abominables.
Mais comment avait-il pu monter ?
Éric me regardait avec effarement. Il suivit mon regard vers le haut de la cabane.
Stephen se cacha avec vivacité. Puis quand le regard d'Éric fut à nouveau tourné vers moi il réapparut en lui faisant un pied de nez, un éclair maléfique et brûlant dans les yeux.
Éric continuait à me parler avec douceur comme à un enfant malade.
-« Viens, entre un instant te reposer ».
Il me prenait le bras, quand King, descendu comme il était monté, on ne saura jamais comment, le prit par les épaules et lui fit faire plusieurs tours sur lui-même qui semblaient ne pas devoir s'arrêter.
King riait à gorge déployée.
Il dansait maintenant autour d'Éric, assis au sol, une danse du scalp avec une main au-dessus de sa tête et l'autre devant sa bouche pour moduler des sons qui n'existaient pas.
Le silence était complet, comme si tout se passait dans du coton hydrophile épais, très épais.
Puis l'image disparut.
Plus de son, plus d'image.
Je plongeai dans le noir absolu.

Léa et les invisibles

Léa se réveille en sursaut.
Elle a eu du mal à s'endormir : trop d'images, trop d'idées embrouillées, des successions d'idées roses et noires, puis grises et noires…et surtout noires.
Enfin elle a plongé dans un sommeil sans repos dont elle sort à l'instant sans savoir où elle est, ni même qui elle est.
Puis trop vite elle le sait.
Elle se souvient d'elle-même et elle aurait préféré ne pas se souvenir.
Pourtant hier avait été mieux qu'avant-hier.
Elle vient de mal dormir mais, pour la première fois depuis plusieurs mois, pas dans la rue.
Elle n'ouvre pas les yeux.
Elle a mal dormi mais elle n'a eu ni froid ni faim.
Ce n'est pas la lumière du jour qui l'a réveillée ni le bruit des autres et de leurs chiens, seulement celui du gargouillement de l'eau d'une cafetière et l'odeur du café qui se fait.
Elle ose ouvrir les yeux.
Une fenêtre à sa droite laisse passer de très faibles rayons de lumière entre les lames d'un rideau roulant maintenant la chambre dans une presque pénombre.
Au pied du lit, étalés sur une banquette, elle distingue les vêtements qu'elle a abandonnés hier en se couchant.
Alors elle se souvient vraiment.
Elle se détend, décide de rester allongée et se met à réfléchir à ce qu'elle vit depuis ces derniers mois, depuis qu'elle est majeure.
Elle avait espéré pendant la plus grande partie de son adolescence le moment où elle serait seule à décider de sa vie.
Où elle n'aurait pas à toujours demander la permission de faire ou ne pas faire à des éducateurs qui n'en avaient cure et étaient

là pour faire respecter des règles pas pour la comprendre et l'aider, encore moins pour l'aimer.
Elle se lève et enfile le jean, le blouson avec capuche délavé sur la chemise qu'elle a gardée pour dormir, chausse les baskets montants noirs et sans même y réfléchir fait trois tours avec l'écharpe multicolore autour de son cou, comme pour sortir.
Elle avait rêvé d'être libre, libre de ses actes et de ses fréquentations.
Depuis sa plus tendre enfance elle n'avait connu que la soumission aux décisions des autres payés pour l'éduquer et elle n'avait pas souvent cru qu'ils pouvaient agir aussi par altruisme.
Elle n'avait jamais connu ses parents et sa seule famille était les enfants de l'assistance avec qui elle avait partagé les foyers ou les familles d'accueil.
Eux seuls vivaient la même vie qu'elle comme une fratrie de substitution.
Une fois habillée elle se dirige vers l'odeur du café et du bruit qu'il faisait en passant quelques instants plus tôt.
Elle aime les maths et encouragée par ses profs du lycée elle était en deuxième année de licence lorsque le jour tant attendu de sa majorité arriva et avec lui tous les ennuis.
Elle n'eut plus droit à aucune aide et se retrouva à la rue comme la plupart des enfants de l'ASE (*) dès leur majorité.
C'est à la rue qu'elle retrouva Quentin et Chloé avec qui elle avait vécu dans sa troisième famille d'accueil, la seule aimante, protectrice et réparatrice qui lui avait appris à croire en la vie et en elle.
Les seuls parents d'accueil qu'elle aurait pu appeler papa et maman, qu'elle avait même appelés ainsi sans y prendre garde et auxquels ils avaient été arrachés par leur mort accidentelle l'année dernière.
C'est Quentin et Chloé qui l'avaient prise en charge comme des aînés, qu'ils étaient de quelques mois seulement, et l'avaient protégée autant qu'ils l'avaient pu des dangers qu'elle n'imaginait pas.

Grâce à eux elle avait mangé presque tous les jours sans avoir ni à ne se battre ni à se prostituer.

Elle n'était pas seule. Ils étaient trois et les autres savaient qu'ils formaient une équipe en forme de hérisson à laquelle il ne fallait pas toucher.

C'est ainsi qu'ils avaient trouvé leur place pour dormir sous les ponts, les portes cochères, les seuils de magasins que tous les invisibles dont ils étaient, cherchaient, trouvaient et se partageaient le plus souvent de mauvais gré.

Dans la cuisine, autour de la table, elle retrouve Quentin et Chloé mais aussi Bruno et Sophie chez qui ils sont depuis hier.

Bruno, éducateur dans la maison d'enfants où Chloé avait été placée pendant deux ans, qui les a retrouvés alors qu'ils faisaient la manche devant l'ancien magasin Virgin.

Bruno, qui a reçu en héritage la maison dans laquelle, avec Sophie, ils viennent de créer un refuge pour les jeunes majeurs sans domicile.

Sur la table : du café, du lait, du pain, de la confiture et du beurre et sur leurs visages à tous des sourires en la voyant.

La journée s'annonce belle.

De quoi oublier qu'hier à la même heure ils étaient déjà en éveil et qu'ils le resteraient en permanence toute la journée pour dénicher le meilleur coin que ce soit pour dormir ou mendier.

D'oublier qu'ils rêvaient tout le temps à la meilleure place, celle à laquelle personne n'avait osé penser avant eux et leur imagination n'avait pas de limite au grand dam des braves gens avec domicile fixe que leur présence dans des endroits inattendus gênait.

Ils démontraient ainsi en permanence, parce que leur survie en dépendait, l'assertion d'Edgar Poe : « Ceux qui rêvent éveillés ont conscience de mille choses qui échappent à ceux qui ne rêvent qu'endormis. » *Edgar Allan Poe / Eleonora*

(*)Aide Sociale à l'Enfance

Une année folle

Qui sème la misère récolte la colère.

L'année 2019 avait commencé comme la précédente avait fini : en jaune.
En jaune et aussi trop souvent en rouge celui du sang versé.
Toutes les fins de semaine, le samedi, le jaune déferlait et lorsque le noir et le bleu s'y mélangeaient le rouge souvent coulait et la colère montait et l'incompréhension et la peur grandissaient.
La peur du lendemain, la peur des fins de mois.
L'incompréhension de ne pas être compris par les autres, de ne pas être compris des gouvernants pour les manifestants et ceux qui étaient avec eux de cœur et d'espoir, de ne pas être compris des manifestants et de ceux qui les soutenaient pour les gouvernants.
Les gouvernants qui n'avaient pas imaginé que la hausse, justifiée par l'urgence climatique, des taxes sur les carburants, pouvait être plus inflammable que les carburants eux-mêmes alors qu'elle pénalisait les plus pauvres sans émouvoir les plus riches.
Le sentiment des uns d'agir pour le bien de tous butait sur la certitude des autres de subir encore et encore des mesures qui leur rendaient la vie plus difficile et l'avenir plus incertain.
Moins de carcans administratifs pour les entreprises, moins de réglementation pour libérer les énergies comme certains

politiques disaient, se traduisait inéluctablement par moins de protection pour eux.

Ils ne savaient pas tous le dire mais ils le vivaient ainsi et leur peur du lendemain matin augmentait avec leur impossibilité à vivre en consommant comme les publicités télévisées les y invitaient eux et leurs enfants.

L'impression d'inégalités profondes était amplifiée par les informations répétées sur les rémunérations toujours plus élevées des dirigeants d'entreprises multinationales, dont les performances en bourse étaient saluées comme essentielles, pendant que leurs propres rémunérations stagnaient.

Le choix des gouvernants de maîtriser la dépense publique plaisait aux plus riches et aux entreprises qu'ils possédaient directement ou indirectement car c'était la promesse de moins d'impôts.

Ce discours dominant répété à l'envi avait rendu le consentement à l'impôt encore plus faible chez les plus pauvres qui n'avaient pas de retour par des niches fiscales, lesquelles par définition ne profitaient qu'à ceux qui avaient assez de revenus pour se rembourser en partie.

Les classes moyennes, qui profitaient parfois de ces réductions, étaient les plus remontées contre l'impôt qui leur paraissait injuste car de moins en moins redistributif du fait du recul marqué de sa progressivité.

Or, c'est au nom de cette même maitrise *indispensable* de la dépense publique que l'on avait fermé des services de maternité et que l'on affirmait ne pas pouvoir faire plus pour les infirmières ou les enseignants.

C'est ce mantra qui ne passait plus, car même s'ils ne savaient comment le contester autrement que par des manifestions, ils en vivaient les conséquences avec le sentiment que les gouvernants ne gouvernaient que pour les autres et contre eux.

Les hôpitaux ravagés par ces politiques comptables virent alors le personnel soignant, de l'aide-soignante au chef de service, chercher aussi à se faire entendre.

Depuis des mois ils faisaient grève en inscriptions sur leurs blouses tout en prodiguant les soins.
Ils descendirent dans la rue.
Leur mouvement ne fit guère bouger les gouvernants qui savaient que le soin des malades les ramènerait vite sur leur lieu de travail.
Puis ce fut au tour des cheminots et des traminots de faire grève et de bloquer les transports.
Le jaune avait presque disparu avec le refus ou l'impossibilité de s'organiser et le rouge des syndicats s'imposa pour contester un projet mal ficelé et mal vendu de réforme des retraites avec toujours le présupposé comptable de l'équilibre financier.
Puis les pompiers qui faisaient grève, comme les infirmières, par les inscriptions sur leurs camions descendirent à leur tour dans l'arène mais revinrent vite protéger la population.
On avait presque atteint la fin de l'année avec des difficultés à se déplacer pour travailler, qui là encore touchaient plus les faibles que les forts, quand deux informations parurent dans les médias.
La première information généralement reléguée en fin de journal télévisé ou dans les pages intérieures des quotidiens indiquait une reprise de la hausse de la pauvreté en France tandis que sept milliardaires français possédaient ensemble autant que les trente pour cent les plus pauvres de la population.
L'autre information fit le bonheur des chaines d'information en continu pendant plusieurs jours.
L'évasion rocambolesque, du pays du soleil levant pour le pays du cèdre, de Carlos Ghosn, le détenu le plus célèbre du monde des affaires.
Celui qui avait défrayé la chronique quelques années plus tôt pour ses talents de tueur de coûts (Cost-Killer) et ses rémunérations insolentes.
Terminer le récit d'une année de crise sociale sur fond d'inégalités avec un anti Robin des Bois sans éthique, aucun scénariste n'aurait osé le faire.

L'esprit de lucre sans limite et sans scrupule l'a permis dans le monde réel.

Le costard

L'affichage au plafond indique 04.59.
Je neutralise l'alarme du réveille-matin avant qu'il ne sonne et décide de m'accorder quelques instants de rêverie les yeux fermés.
Lorsque je les ouvre à nouveau le plafond annonce effrontément 05.15.
Je me lève un peu plus vite que je ne l'aurais fait à mon premier réveil.
La douche, le petit déjeuner et le maquillage se succèdent sans heurt et pratiquement à mon insu.
Lorsque je passe la porte de mon appartement il est la même heure que tous les autres jours.
La course a repris.
Pendant le trajet je repense aux difficultés du dossier que m'a confié hier matin le Big Boss.
Je suis dans mes réflexions, en mode automatique, lorsque la porte de l'ascenseur donne le signal de sortie à la cohorte des travailleurs matinaux de la boîte de recouvrement qui m'emploie en qualité de responsable du contentieux international.
A cette heure il n'y a jamais personne en face.
Je sors presque en courant et je me retrouve nez à nez et presque bouche-à-bouche avec un costard noir surmonté, au-dessus des

yeux bleus, d'une chevelure blonde. *Je verrai plus tard qu'elle est de surcroît frisée.*

Le costard est aussi surpris que moi et son attaché-case me heurte un genou pendant que mon sac à main choque sa hanche de l'autre côté. Match nul.

Il ne s'attendait pas plus que moi à la confrontation et le choc nous a fait pousser à l'un et à l'autre un cri. Un petit cri mais un cri tout de même. *J'en suis sûre même s'il le niera plus tard.*

Moi j'ai vraiment crié, je me suis penchée pour frotter mon genou endolori et j'ai laissé tomber le dossier emporté hier au soir.

Le costard s'excuse, en fait il me demande de l'excuser en me tendant le dossier qu'il a ramassé avant moi …et m'apprend dans la même phrase, ou peut-être est-ce dans la suivante, je ne sais plus, son prénom et son nom.

Mais pour l'heure je ne vois que son sourire et ses yeux bleus qui rient encore plus que ses lèvres.

Je crois même que je n'entends plus ou que je ne comprends plus ce qu'il dit et pourtant je bois ses paroles.

La preuve c'est que je me rends tout à coup compte que nous sommes assis dans le bistrot où je prends le café quelquefois avec des collègues. Le costard, il se nomme Olivier, me demande ce que je souhaite prendre.

Je réalise alors, je crois bien en rougissant, que c'est quelque chose que je ne peux exprimer ici et maintenant.

Tu es folle ma pauvre fille tu ne sais rien de lui, sauf qu'il est craquant et que sa voix te fait vaciller. Il faut te reprendre.

Ces réflexions, celles que me ferait ma mère car c'est sa voix que j'entends, me font enfin sortir de mon hébétude.

Je retrouve mes esprits, je retrouve ma dignité, je retrouve ma voix, je me reprends. Merci maman.

Olivier m'écoute, maintenant que je sais à nouveau parler, et il semble intéressé par ce que je dis. Ses yeux, en tout cas, sourient toujours autant.

Le dossier est là sur la table, entre nous, avec le nom du cabinet qui m'emploie inscrit en gros caractères.

Ses yeux ne se contentent pas de sourire et il me fait remarquer avec malice que nous sommes voisins.

Il est auditeur financier dans le cabinet situé au dernier étage.

Je comprends alors pourquoi le costume noir et la chemise blanche.

Plus tard je le brocarderai sur ce qui était son uniforme à cette époque.

Il en profite pour me proposer, puisque nous sommes voisins, de nous revoir.

Et pourquoi pas ce soir ?

Je n'ai aucune raison de dire non et tellement envie de dire oui qu'il doit connaître la réponse avant que je ne réponde d'une voix atone.

Nous nous quittons à la porte du bistrot sur une simple poignée de main après avoir échangé nos cartes de visite et convenu de nous retrouver à 19h.

La journée de travail commence sur un nuage.

Le dossier emporté la veille au soir et qui vient de chuter aux pieds d'Olivier sera mon excuse pour interdire que l'on me dérange.

Je me consacre à son étude avec entrain. Il faut que j'occupe mon esprit et j'y parviens finalement assez bien même si l'horloge de mon bureau attire de plus en plus souvent mon regard au fil de la journée.

Soudain elle sonne, mais le son m'étonne parce que cette horloge n'a jamais sonné et que la sonnerie ressemble étrangement à celle de mon réveille-matin. Je la regarde et 05.00 s'affiche sur le plafond de ma chambre, de notre chambre. Comme d'habitude depuis 30 ans Olivier tend la main pour neutraliser le réveil, allume, se penche vers moi pour m'embrasser et demande : tu as bien dormi ?

Le jaquet, le chien et l'âne

Les feuilles mortes bruissaient sous nos pas.
Le soleil traversait de loin en loin le couvert des arbres en faisant des jeux d'ombre et de lumière sans cesse renouvelés.
L'air était doux et frais et la frondaison formait un univers à la fois changeant et protecteur.
Le groupe progressait dans une forêt de chênes avec de loin en loin des pins, des frênes, des châtaigniers, des hêtres seuls ou en peuplements.
Je marchais depuis un peu moins d'une heure en tête de la file en profitant des nombreuses sensations qui s'offraient à moi visuelles comme olfactives.
Il faisait bon et j'étais bien, la journée s'annonçait belle.
Les randonneurs qui me suivaient parlaient comme toujours de tout et de rien, et je m'efforçais de garder la distance pour réfléchir à cette rencontre insolite que je devais impérativement faire avant mardi prochain.
Elle pouvait bien sûr être imaginaire et je laissais mon esprit vagabonder à la recherche de l'idée, de l'image, du souvenir à mobiliser.
Ma vigilance prise en défaut la troupe venait de me rattraper lorsqu'au détour du sentier surgit un curieux équipage.
Un âne et son maître, le maître tout de noir vêtu et l'âne de toutes les couleurs.
Un jaquet et son âne à en juger par la coquille qui ornait le front de l'âne.

Mais un jaquet original habillé comme un motard avec sa veste à franges et ses bottes cloutées.

A y regarder de plus près il s'agissait en fait de chaussures de marche surmontées de guêtres fantaisie imitant des bottes de cow-boy endimanché.

L'âne semblait avoir hérité du foulard rouge du cowboy qui habillait son cou.

La cohorte des randonneurs, l'âne et son maître s'étaient arrêtés pour faire connaissance quand surgit une autre créature gambadant.

Un chien-loup, un grand chien-loup à trois pattes, cherchant la caresse.

Entre les randonneurs et le maître d'équipage le dialogue s'instaura très vite sur le mode du questionnement d'abord, de la connivence entre marcheurs ensuite.

Dans le même temps l'âne était l'objet de toutes les attentions et acceptait les caresses d'une partie des marcheurs pendant qu'un dernier groupe n'avait d'intérêt que pour le chien-loup.

Pour ma part, j'étais en arrêt devant l'homme en noir au long visage blanc surmonté de cheveux blonds et blancs aux lunettes cerclées d'acier.

Il ressemblait à s'y méprendre à Stephen King…

Au Stephen King que j'avais rencontré au début de l'été sur une plage du Cap-Ferret et dont je me demandais toujours si j'avais rêvé cette rencontre ou si elle avait vraiment eu lieu.

Mais en l'écoutant parler, je sus que ce n'était pas lui.

Il lui ressemblait étrangement mais son ramage n'était pas celui de Stephen King.

Il avait un magnifique accent de l'Aveyron et répondait de bon cœur d'une voix rocailleuse aux questions de mes amis randonneurs.

Il était sur le chemin depuis déjà trois semaines avec son âne et son chien pour tenir la promesse qu'il avait faite à Dieu, ou à ses Saints, alors que son fils luttait pour rester en vie.

L'enfant avait survécu et était en pleine santé.

Le chien-loup aussi qui, dans l'accident, avait perdu la patte gauche.
La promesse comportait le serment de cheminer, habillé en tenue de cow-boy, semblable au déguisement que portait l'enfant lorsqu'il avait été renversé devant chez lui, alors qu'il jouait avec son chiot.
L'homme était sympathique et tout naturellement, sans mots inutiles, nous fîmes bientôt route ensemble, l'équipage du jaquet entre les randonneurs mais le plus souvent derrière, le chien-loup à trois pattes faisant alors interminablement la navette entre la tête et la fin du nouveau groupe.
Il se déplaçait comme un quadrupède indemne mais il chaloupait beaucoup.
Bientôt nous fûmes à découvert et le soleil brûlait.
Les pierres du sentier avaient remplacé l'humus du sous-bois et la progression se fit plus lente.
Les cailloux roulaient sous nos pieds, et l'âne, plus à l'aise que les randonneurs, ne restait plus à l'arrière.
Le chien-loup continuait son va-et-vient entre son maître et l'avant de la file.
Nous transpirions tous et le chien tirait la langue sans cesser son manège.
Une halte était maintenant souhaitée par tous et c'est un lavoir à proximité d'un village qui nous offrit son hospitalité.
Les randonneurs s'installèrent sur les marches de pierre, à l'abri.
On laissa approcher l'âne pour qu'il se désaltère.
Le chien-loup avait été le premier à goûter l'eau et il se coucha au bord du lavoir.
Mais son installation n'était pas banale et chacun la remarqua, il s'était avancé et couché de telle manière que sa patte avant, la droite, celle qui lui restait, pende dans l'eau.
Nous contemplions son geste quand son maître s'adressant à lui, déclara : alors Rex tu rafraîchis les coussinets ?
Je crois que le chien a souri, nous aussi.
Soudain un braiment puissant retentit.

Tous les regards se tournèrent alors vers l'âne dont les babines supérieures relevées battaient en saccades frénétiques au rythme de son rire, car il riait, personne n'en doutait.
Alors nous éclatâmes tous d'un irrépressible et inextinguible fou rire.

Des cailloux et des pierres

Inspiré de l'ouvrage « Les invisibles de la République » de Salomé Berlioux et Erkki Maillard chez Robert Laffont

Le râteau était disposé, les dents vers le bas, sur le tas de cailloux et de pierres arrachées au sol.
Clarisse posa le petit plantoir rouge sur la terre meuble fraîchement retournée grasse et noire.
Elle ôta ses gants de jardinage verts et jaunes et les plaça à côté du plantoir.
Elle se redressa, passa ses deux mains sur les genoux de son jean et se dirigea vers la maison.
La sonnette de la porte d'entrée, installée par Greg la semaine dernière, avait fait entendre son bruit de corne de brume
Il l'avait réglée assez fort pour qu'on l'entende dans le jardin à condition de laisser les portes ouvertes.
Elle pensait que c'était Gaëlle, à qui elle avait proposé de venir pour parler de son orientation, qui avait sonné.
Elle aimait bien cette gamine qui lui faisait penser à elle au même âge.
Mais elle était plus brillante, plus douée qu'elle à n'en pas douter.
Elle était douée et ses résultats le prouvaient à tous, sauf à elle-même.
Elle ne voulait pas être différente des autres.
Clarisse voulait lui parler hors du cadre scolaire comme Mme Régis l'avait fait avec elle vingt-cinq ans plus tôt.
Elle avait admiré cette jeune excentrique en leggings colorés et chemisiers fluo qui les faisait rire et travailler.

Sa vie en avait été changée.
Jamais sans elle, elle n'aurait été prof d'anglais.
Jamais elle n'aurait cru que c'était possible …pour elle.
C'est grâce à ses encouragements à la fin de sa classe de cinquième, qu'elle avait osé y croire.
Personne de son collège rural de Commentry prés de Montluçon ne l'avait fait avant elle .
Avant, elle ne savait pas ce qu'elle pouvait faire.
Pour elle et les camarades, de son âge, c'était comme une espèce de trou noir quand elle pensait au futur.
Il avait fallu convaincre ses parents que c'était pour elle, pour eux, gens de la terre et il avait fallu trouver l'argent pour payer l'internat au lycée.
Heureusement, ils avaient pu le faire parce qu'elle était fille unique, ils y avaient cru parce qu'ils avaient voyagé avant de s'installer dans cette campagne.
Puis elle avait travaillé, comme caissière au supermarché ATAC de son village, durant toutes ses vacances pour financer les cinq années de fac. Puis au Leclerc de Clermont-Ferrand pour la préparation du CAPES.
Elle avait choisi de revenir ici et elle enseignait l'anglais dans son ancien collège depuis bientôt cinq ans.
Elle espérait que les parents de Gaëlle pourraient la laisser partir, qu'ils en auraient le courage et les moyens.
Clarisse ne pouvait s'empêcher de penser à Agnès sa meilleure amie de primaire et de collège puis de lycée.
Elle était toujours en tête de classe et brillait particulièrement en maths et dans les matières scientifiques.
Elle rêvait d'être médecin mais n'avait pas pu être interne au lycée situé à plus d'une heure de chez elle.
Ce lycée ou Clarisse était, elle, interne et où elle avait vu les rêves de son amie sombrer à cause de la fatigue des transports trop longs et de la résistance familiale à la croyance de leur fille dans la possibilité d'un avenir différent du leur.

Et aussi parce qu'ils n'en avaient pas les moyens financiers et qu'elle le savait.

Elle avait préféré rentrer dans le rang, comme ses frères et sœurs, et s'était arrêtée au bac.

Et pour rester près d'eux, près de ceux qui connaissent leur place, qui n'est pas celle des gens de la ville, elle avait choisi d'être assistante maternelle.

Clarisse avait conscience de sa chance.

Elle, elle avait réalisé son rêve même si, elle regrettait de ne pas savoir su assez tôt qu'il était possible d'aller étudier dans un pays anglophone.

Aujourd'hui c'était son complexe.

Elle avait compensé sur le plan culturel en lisant beaucoup et était même capable de citer les marques de céréales les plus consommées au Royaume-Uni mais il en allait différemment de son accent.

Il avait été façonné au cours des échanges avec ses profs et amis de fac, non avec des anglais et chez eux.

Jamais elle n'avait imaginé qu'il fût possible d'aller étudier si loin.

Comme ses semblables, elle avait été assignée à résidence, à cause du manque d'information sur ce qu'il est possible de faire, sur ce qui existe et qui est pour eux aussi, pas seulement pour les élèves des grandes villes.

C'est ainsi qu'elle avait longtemps cru que Sciences Po était une école de sciences.

En ouvrant la porte à Gaëlle, souriante, Clarisse songea qu'elle allait lui épargner, si elle le voulait bien, tous ces cailloux et ces pierres sur son chemin.

Une journée particulière

Habituellement j'aime rester longuement sous la douche brûlante pour émerger du sommeil en douceur.

Ce matin elle est glacée et je grelotte en maudissant cette saleté de chauffe-eau qui a rendu l'âme dans la nuit.

Je suis réveillé, en retard et... en colère.

Jamais douche n'a été aussi rapide, je l'affirme.

Je suis certain d'avoir les fesses les plus fermes de toute la ville sans footing ni steps éreintants.

J'avale mon thé avec délectation. La bouilloire, elle, n'est pas en panne. Devrais-je la louer comme je maudis le chauffe-eau ?

Je décide de ne pas répondre à cette interrogation purement rhétorique.

Je dévale les escaliers en courant au risque de me rompre le cou, lorsque je m'aperçois en passant près de la petite imposte du palier au second qu'il pleut des trombes.

Ma boîte à méninges me rappelle alors, en un éclair, que j'ai oublié mon parapluie hier soir au ciné.

La journée continue avec obstination sur sa lancée détestable…et moi sur la mienne jusqu'au rez-de-chaussée.

Là, je reste longuement sur le pas de la porte palière à m'interroger sur mon avenir immédiat et sur les difficultés inhérentes à toute prise de décision… À peser le pour et le contre comme s'il en allait de l'avenir de l'humanité.

Je suis comme un bateau qui attend pour sortir du port que les conditions météo soient propices.

Bingo! En face de moi, de l'autre côté de la rue, je distingue la chance à travers la pluie battante : un taxi avec son lumineux affichant le vert de l'espérance et de la vacuité.

Je me lance. Il faut que je l'atteigne avant quiconque en bravant la pluie pendant quelques secondes salvatrices.

En quatre enjambées j'y serai.

Mais la première remplit mes mocassins plus vite qu'une éponge assoiffée, la deuxième trempe mes bas de pantalons comme une serpillière et l'instant d'après la troisième me laisse entrevoir que la journée ne va pas prendre tout de suite un tour plus agréable.

J'ai glissé et je suis maintenant assis, entre le taxi et la voiture qui le précède, dans le caniveau transformé en mini torrent. J'ai subitement aussi froid que tout à l'heure sous ma douche.

Je me sens aussi ébouriffé et chagrin qu'un chaton surnuméraire enlevé à sa mère.

Je me relève d'un bond. Mon pied gauche a perdu son mocassin qui vogue sans heurt vers la bouche d'égout. Je le poursuis au risque de chuter à nouveau mais il est avalé avant que je ne l'atteigne.

Quelle journée pourrie !

J'abandonne la lutte.

Mon rendez-vous est tombé l'eau.

Mondanités

-« *Je suis invitée en Sologne dans la résidence de chasse de mon boss pour le week-end de l'Ascension.*

C'est merveilleux, je n'osais plus l'espérer.

C'est rare qu'il invite des dirigeants du groupe chez lui. Je ne peux pas refuser.

Et tu sais quoi ? Jean refuse de m'accompagner.

Nous nous sommes encore disputés. Il fait sa tête. »

Il l'écoute sans pouvoir l'interrompre.

Il n'y songe même pas et se contente de montrer son intérêt par de brefs acquiescements sonores : bravo, bien, ah, bon, et autres sons monosyllabiques destinés à confirmer sa présence à l'autre bout du fil.

-« *Je ne peux pas y aller seule.*

Ce sont les couples qui sont invités. Il le sait.

C'est pareil dans sa boîte. Mais tu sais comme il est cabochard. »

Il sait aussi que depuis quelques temps leur mésentente est connue de tous leurs amis.

-« *Accompagne-moi. Ils ne connaissent pas Jean.*

Tu joueras mon mari. Ils n'en sauront rien. »

Il reste sans voix. Elle n'hésite jamais. Elle fonce. C'est une lionne.

Elle poursuit en précisant :

Qu'elle compte sur lui. Qu'il est le seul à qui elle peut demander ce service. Qu'il ne peut refuser. Qu'il peut bien se forcer pour quelques jours. Qu'ils ne seront pas nombreux.

Son appel l'a surpris.

Elle n'a pas appelé depuis plusieurs mois.

Il n'avait de ses nouvelles que par la lecture des journaux qui montraient son éblouissante réussite professionnelle.

Toujours aussi désinvolte et sûre d'elle, songea-t-il. Autant que lorsqu'ils étaient enfants. Elle ne doute jamais de rien.

Mais il n'est pas disposé à accepter sa demande. Aller jouer les utilités, même pour elle. Non merci ! Surtout chez ces gens-là.

Elle est décidemment incorrigible. Elle connait pourtant mon aversion pour les festivités friquées de la haute bourgeoisie d'affaires, pense-t-il.

-Et puis tu ne risques pas de les rencontrer à nouveau.

Certes il n'évolue pas comme elle dans l'univers du luxe et de la mode. Il n'a pas les mêmes amis, il ne fréquente pas les mêmes lieux, il n'a pas les mêmes moyens qu'eux.

Les rencontrer en d'autres circonstances est en effet très improbable... mais il s'en moque.

Tout en l'écoutant s'efforcer de le convaincre il se surprend à imaginer ce que pourrait être un week-end avec ces célébrités mondaines.

Vivre quelques jours en jouant la comédie, en s'amusant à faire semblant d'être comme eux, en singeant leurs manières, en buvant leur champagne et en dégustant leur caviar lui parait tout à coup jubilatoire.

Il dirige, depuis l'époque de la Fac de lettres, une petite troupe de théâtre amateur un peu anar qui joue ses pièces.

Elle y a tenu quelques rôles et continue de venir les voir jouer de temps en temps.

Il se dit que ça serait un beau rôle de composition et un excellent exercice d'improvisation.

Il pourrait aussi en profiter pour faire de la zoologie appliquée sur les grands fauves de la finance.

Il en pouffe déjà intérieurement.

-Je t'en prie ne me fais pas languir. Ça sera facile pour toi et nous allons bien nous amuser. Ça ne sera pas long.

Elle n'avait plus besoin d'insister, sa décision était prise.

Il en avait envie autant qu'elle, mais pour d'autres raisons, et il saurait en tirer parti pour la troupe.

-D'accord petite sœur, toujours égale à toi même ... mais moi il va falloir que je termine mon chantier, mercredi soir, sur les toits de Paris assez tôt pour troquer ma salopette de ramoneur contre une tenue de bourgeois bobo.
-À quelle heure viens-tu me chercher ?

Le serment

Les deux enfants marchaient au bord des vagues en les évitant lorsqu'elles le pouvaient et en riant lorsqu'elles les rattrapaient. L'air était léger comme leurs âmes. Elles étaient heureuses d'être ensemble, comme deux sœurs. C'était ainsi qu'elles se vivaient depuis que le père de l'une et la mère de l'autre vivaient ensemble avec leurs quatre enfants. Elles avaient presque le même âge à un mois près.
Elles appelaient Papa et Maman leurs deux parents dont l'un était de substitution.
La maman de la plus jeune s'était suicidée quelques mois après la naissance de son petit frère et le papa de l'aînée était parti lorsqu'elle était bébé.
Elles étaient devenues complices comme des jumelles et les étrangers à la famille les prenaient pour telles.
La plus jeune souffrait de ne pas avoir de maman et l'aînée le savait, plus que ne l'imaginaient les deux parents, car c'est à elle que la petite se confiait et elle la protégeait.
Elles avaient maintenant onze ans et étaient devenues sœurs depuis huit ans.
Ce matin la petite était joyeuse. Dans la nuit avant de s'endormir elles avaient comme souvent beaucoup parlé. Elles s'étaient fait un serment, un serment d'enfant pour la vie.
Elles s'étaient jurées de tout se dire toujours et de se soutenir. Jamais elles ne se quitteraient.
Leur vie était indissociable.
Au loin, au-dessus de l'océan, des nuages noirs menaçants venaient d'apparaître et le vent se levait. Elles rentrèrent au camp.

La chambre est sombre. Elle est assise sur le fauteuil en moleskine rouge qu'elle a tiré au plus près de la fenêtre.
Elle regarde au loin les lueurs de la ville dont elle entend les bruits assourdis par les doubles vitrages.
C'est la cinquième nuit qu'elle passe ici pour ce nouveau séjour. Combien y en-a-t-il eu avant ? Huit, neuf, dix, elle ne sait pas, elle ne sait plus.
À quoi bon compter. À chaque fois ce doit être le dernier. Lorsqu'elle sort, c'est le dernier. Puis elle se retrouve à nouveau dans cette chambre ou dans une autre avec les mêmes angoisses, avec le même mal-être et les mêmes soins. Ils parlent d'anorexie mentale.
Aujourd'hui elle a moins dormi dans la journée. Médicaments moins forts ou accoutumance ? Elle ne sait pas. Elle espère seulement arriver à dormir cette nuit.
Elle ne s'est pas griffé les bras ni le visage, mais elle n'a pas réussi à manger tout ce qu'elle aurait dû. L'infirmière n'a pas trop insisté.
Demain elle a vingt ans. Sa sœur viendra pour fêter son anniversaire. Elle vient toujours.
Et comme toujours elle sera souriante et prévenante. Comme toujours elle sera elle-même et heureuse.

C'est ce que je ne supporte pas.
Je le lui ai dit lorsqu'elle a décidé de se marier. Je lui ai reproché de m'abandonner. Comme l'a fait ma mère. Elle a paru ne pas comprendre. Elle n'a peut-être pas compris vraiment. Mais pourquoi ?
J'ai bien entendu sa défense. Mais elle a tort, c'est ensemble, comme on s'y était engagé qu'on pourra être heureuses, pas chacune de son côté.
Demain peut-être ?

Mais non, demain elle me jettera son bonheur au visage sans en avoir conscience.

Mais elle n'a pas dit son dernier mot. Demain elle réussira à la convaincre. Elle en est convaincue, la vérité finit toujours par triompher.

Elle s'endort enfin sur le fauteuil.

Elle marche sur le sentier qui chemine au cœur de la forêt profonde et sombre.

Elle semble déterminée et jamais n'hésite à la croisée.

Pourtant elle s'interroge.

Pourquoi vient-elle m'infliger son bonheur. Comment peut-elle me faire ça ? Elle dit qu'elle m'aime comme avant. Que je dois être heureuse. Qu'elle est toujours ma jumelle.

C'est ma jumelle mais c'est ma fausse jumelle et aussi ma fausse sœur qui se comporte en faux frère. En parjure.

Elle est partie depuis presque une heure de la maison de santé à l'orée du bois et semble toujours aussi déterminée, mais elle est malheureuse et en colère.

Trois mois que je suis sortie de l'hôpital. Trois mois qu'elle vient me voir plusieurs fois par semaine et aussi trois mois que je souffre. Elle ne comprend pas. Elle vit une autre vie que celle que nous avons rêvée ensemble. Celle que nous nous sommes promise.

Je vais lui montrer aujourd'hui qu'elle peut, elle aussi, en souffrir.

Au dernier croisement elle a pris le sentier qui mène au trou du diable à la renommée funeste. Un gouffre dont l'accès est interdit depuis plusieurs années pour éviter les suicides qui ont endeuillé de nombreuses familles de la région.

Bientôt elle y sera.

L'écharpe

« Sandi Jewell, originaire de Toledo, a vingt-six ans, elle habite dans le sud des États-Unis, elle s'est engagée chez les Marines. En tenue de camouflage, casque et cagoule, elle monte la garde à plus de trois cents mètres d'altitude, dans un froid débilitant. C'est la dernière nuit de décembre et, depuis l'Afghanistan, elle va bientôt appeler un être cher à l'aide du téléphone satellite posé à ses côtés. » Colum McCann

Cela fait plusieurs jours qu'elle se demande à tout instant pourquoi elle est là, loin de chez elle, dans cette guerre alors que la paix règne presque partout dans le monde.
Pourtant elle a voulu cette vie, elle l'a choisie lorsqu'elle avait vingt ans.
Aujourd'hui elle ne sait plus très bien pourquoi.
Mais ce qu'elle sait c'est qu'elle a aimé cette vie d'action, de camaraderie, de dangers et de peurs partagés et surmontés ensemble, d'efforts intenses et d'adrénaline addictive suivis de repos souvent trop courts et, peut-être, de plus en plus insuffisants.
Elle réajuste sur sa bouche et son nez l'écharpe non réglementaire qui la protège mieux que sa seule cagoule des rafales incessantes et glaciales du vent du nord.
Elle a de plus en plus de mal à rester éveillée et vigilante et ça l'étonne.
Ça n'est pas son habitude, elle sait dominer sa fatigue.
Elle est entraînée à le faire et elle le fait bien.
Cette nuit aussi elle sera à la hauteur pour elle et pour les autres.
Sandi Jewell ne flanche pas, Sandi Jewell ne flanche jamais.

Une « marine » ne flanche jamais.
Elle adapte les jumelles à vision nocturne et parcourt dans un mouvement tournant lent et maîtrisé de droite à gauche puis de gauche à droite mais aussi de bas en haut et de haut en bas le défilé rocailleux devant elle qui monte de la plaine.
Cela fait bientôt deux heures qu'elle répète toutes les trois minutes ce geste afin de prévenir toute intrusion des talibans.
Elle rajuste encore l'écharpe sur son nez et en respire l'odeur qui l'apaise et lui donne des forces, l'odeur d'Anahita.
Un bruit de pierre qui roule l'alerte. Elle braque les jumelles dans la direction du bruit et manque d'éclater de rire en voyant Ethan en train de se relever, le pantalon de battle-dress à hauteur des genoux.
Sa courante n'était donc pas feinte pour échapper à la garde.
Elle reprend sa veille visuelle en direction de la plaine.

Il lui tarde de pouvoir appeler son père. Il est resté son meilleur ami et son confident depuis la mort de sa mère quand elle était enfant.
Il a été son père et sa mère et l'a toujours encouragée, soutenue même lorsqu'elle a voulu s'engager et elle savait bien pourtant qu'il était, au fond de lui-même, contre.
Elle lui est reconnaissante de ne l'avoir pas dit, de l'avoir même aidée.
Il sait l'écouter et ce soir, il faut qu'elle lui dise.
Un autre bruit la surprend presque, plus proche d'elle. Plus proche et plus léger, très léger, un frottement, un glissement. Ça ne peut pas être un serpent par ce froid intense et il aurait été silencieux.
Elle tend l'oreille en coupant sa respiration, regarde dans la direction du bruit avec les jumelles puis sans les jumelles.
Rien, elle ne voit rien. Le bruit ne s'est pas reproduit. Elle reste aux aguets tous les sens en éveil.
Puis, elle sent une présence et une pression sur sa cuisse.
Elle ne bouge pas…puis très vite elle comprend.

Rassurée elle pose sa main sur la tête de Popeye le chien mascotte de la compagnie.
Maintenant, il s'est couché contre elle, lové contre sa cuisse et il lui tient chaud.
Elle n'a pas été distraite très longtemps par son incursion et sa garde se poursuit sans relâche en bon « marine ».

Elle dira tout à l'heure à son père tout ce qu'elle n'a pu dire à personne et surtout pas à ses camarades de combat.
Ce qu'elle cache depuis bientôt six mois. Six mois qu'elle a rencontré Anahita lors d'une permission à Khorog la capitale du Haut-Badakshan.
Six mois qu'elles se voient et qu'elles se cachent. Six mois de bonheur et de craintes.
Des craintes plus grandes que la peur de tous les dangers de la guerre.
Il va la comprendre. Elle le sait, elle le sent mais elle craint de l'inquiéter et de le décevoir.
Il n'aura pas un petit-fils ou une petite-fille de son sang et il ne va pas pouvoir en parler autour de lui à Toledo, les esprits n'y sont pas très ouverts.

Les yeux toujours rivés aux jumelles elle n'est pas surprise quand à nouveau Ethan court se soulager. Ils en riront ensemble après la garde.

Il lui tarde de dire à son père qui est Anahita, combien elle compte pour elle, que son prénom la représente parfaitement puisqu'il signifie déesse.

Son tour de garde se termine bientôt, c'est à ce moment qu'elle pourra appeler pendant quelques minutes au passage du satellite militaire.

Elle est sur le point de s'y préparer quand brutalement des balles se mettent à ricocher sur les rochers et les blindages autour d'elle et le vacarme des fusils-mitrailleurs abolit le silence de la nuit. Popeye s'enfuit et Sandi Jewell sait qu'elle ne pourra pas parler à son père ce soir.

La véritable histoire de Marie-Jeanne et de Billie-Joe

Journal intime de Jean, curé de Bourg-les-Essonnes depuis son ordination

Lundi 4 juin

La journée a été rude.
Je ne suis pas sûr, Seigneur, d'être à ma place, de pouvoir apporter ton aide à mes paroissiens. J'ai peur d'être bien faible comme ce matin quand Guillaume le père de Marie-Jeanne est venu me demander de prier pour l'âme de sa fille.
Je ne crois pas que mes paroles aient été les bonnes et je n'ai pas apaisé son chagrin.
Je ne pouvais pas lui dire tout ce que je savais, ni que j'avais entendu Marie-Jeanne en confession avant qu'elle ne se jette dans la Garonne.

Mardi 12 juin

J'ai passé plus de temps aujourd'hui à lire et relire la lettre de frère Taylor qu'à te servir mon Dieu comme je l'aurai dû.
Elle raconte une histoire d'amour incroyable entre deux enfants qui n'auraient jamais dû se rencontrer… mais toi Seigneur tu le sais.
Qui pouvait imaginer que Marie-Jeanne lorsqu'elle était revenue, l'année dernière, de son périple en Amérique n'avait plus qu'un but, y retourner pour retrouver l'homme qu'elle aimait ?

Elle avait repris, auprès de ses parents, son rôle d'aide à la ferme et ne parlait pas de repartir… sauf en confession tu en es témoin Seigneur.

Marie-Jeanne était arrivée à Choctaw Ridge au moment des moissons et le père de Billie, Joe Mac Allister avait accepté de la loger et de la nourrir contre son travail à la ferme.

Elle y était restée presque trois mois.

Elle et Billie Joe avaient trimé dur tout l'été ensemble et sans que personne n'en sache rien ils avaient aussi partagé leurs nuits.

Quand elle était partie à la fin de la période convenue, ils avaient juré de se revoir.

C'est elle qui reviendrait car Billie Joe pensait ne pas être assez doué pour les langues alors que Marie-Jeanne parlait maintenant bien l'anglais.

Il était aussi moins aventurier qu'elle et il admirait son courage et sa détermination, qu'il n'avait pas.

Je sais, Seigneur, que tu sais tout mais j'ai besoin de partager avec toi ce que je découvre en lisant frère Taylor.

Je sais que tu me comprends mais nous pardonneras-tu, à lui comme à moi, d'avoir partagé le secret des confessions dont nous étions l'un et l'autre seulement les dépositaires ?

Frère Taylor que je connaissais depuis un stage de scoutisme international à Lourdes m'avait écrit pour me demander si je connaissais cette petite française qui arrivait du village où il savait que je te servais.

Billie Joe lui avait parlé d'elle et Taylor voulait savoir si ma Marie-Jeanne valait son Billie.

Pardon Seigneur pour ce possessif car ce sont tes brebis, mais tu nous les as confiées et nous les aimons comme tu les aimes et nous voulons pour elles le meilleur.

Nous n'avons plus partagé le secret mais nous savons, en dehors de la confession, qu'ils s'écrivaient régulièrement et Billie Joe attendait Marie-Jeanne avec de plus en plus d'impatience.

Puis, Taylor qui le voyait tous les dimanches à la messe remarqua qu'il devenait de plus en plus sombre et n'était plus jamais avec les jeunes de son âge.

Il travaillait beaucoup plus que les autres qui pourtant n'étaient pas des fainéants mais se reposaient en faisant la fête le plus souvent possible.

Billie Joe, lui, ne faisait plus la fête et Frère Taylor s'inquiétait pour lui qu'il ne voyait plus en confession.

Puis le samedi soir 2 juin Billie frappa à la porte de la sacristie.

Il entra en saluant à peine et s'effondra sur la chaise devant la table posa ses coudes sur la toile cirée et ses mains parurent retenir avec peine sa tête.

Sur son visage figé de douleur deux yeux morts regardaient dans le vide, loin au-delà des murs.

Marie-Jeanne ne viendra pas finit-il par balbutier, elle ne répond plus à mes lettres.

Taylor n'avait rien à dire et il le comprit, Billie était venu pour parler, pas pour écouter.

Il partit comme il était venu, sans qu'à aucun moment frère Taylor puisse l'aider par la moindre parole qu'il réfutait de tout son corps, n'écoutant rien.

Le lendemain 3 juin il sauta du pont de Tallahatchie et Taylor se reprocha de n'avoir pas réussi à lui parler.

Marie-Jeanne, elle, est venue me voir en confession le 4 juin.

Elle ne pouvait pas savoir que Billie Joe avait sauté la veille.

Son regard était triste et éteint et elle paraissait bien pâle.

Elle se reprochait de n'avoir plus écrit à Billie Joe depuis plusieurs semaines mais elle ne pouvait pas lui avouer qu'elle n'irait pas le retrouver.

Elle était enceinte et Billie Joe ne pouvait pas être le père.

La trottinette

Marie regarde, amusée, la trottinette habillée d'un gilet jaune, lequel affirme en lettres rouges « Je suis un colibri, je fais ma part ».
Elle vient de lire le livre de Pierre Rabhi « *La part du Colibri : l'espèce humaine face à son devenir* » et le message de la trottinette, enfin celle du gilet jaune lui parle.
Tout naturellement elle cherche le scripteur, le porteur du gilet.
Elle n'a pas longtemps à attendre.
Un grand escogriffe aux cheveux roux en bataille vient de déplacer la trottinette tout en parlant avec deux autres manifestants qui laissent passer les voitures en discutant et en distribuant des fruits.
Elle apprendra plus tard qu'ils viennent de leur exploitation.
Il lui plait avec son air décidé mais bon enfant.
Elle décide de s'arrêter.
Elle a le temps avant sa cliente ou patiente suivante.
Elle ne sait trop comment nommer les personnes dont elle s'occupe depuis qu'elle travaille dans l'aide à domicile.
Cliente ou patiente ? Car ce sont souvent des femmes âgées, plus rarement des hommes, chez qui elle va jouer la domestique moderne née des politiques fiscales destinées à répondre à des besoins sociaux et profitant surtout aux riches.
Elle a du temps parce que son employeur n'a pas d'autre client à lui proposer dans le secteur et dans le créneau horaire entre la cliente qu'elle vient de quitter et la suivante.
Certains jours elle n'arrivait à travailler que trois ou quatre heures pour plus de dix heures hors de chez elle, tout en ayant fait de nombreux kilomètres.

C'était le cas aussi pour ses nouvelles collègues dont elle admire le dévouement malgré les conditions éprouvantes qu'elles vivent depuis des années.
Elle sait que, pour elle, ce travail est provisoire, mais pas pour la plupart d'entre elles.
Elle s'approche de la trottinette en souriant à l'homme.
Il sourit à son tour en la voyant se diriger vers eux.
Elle avait exercé pendant deux ans, dès la fin de sa maîtrise de psychologie, dans une association d'aide aux chômeurs et à leur famille, jusqu'au moment, deux mois auparavant, où la réduction des contrats aidés et des subventions avait conduit à la disparition de son poste de psychologue.
Il a un sourire ravageur et elle imagine qu'il le sait mais elle apprécie sa façon de parler simple et directe.
Elle regarde son smartphone, il est 15h00.
L'homme est grand, bien plus grand qu'elle.
- Vous nous rejoignez, demande-t-il ?
Et il ajoute :
- Bienvenue je suis Thomas, vous voulez un gilet, j'en ai deux autres qui devraient vous aller ?
- Bonjour, moi c'est Marie, je ne peux pas rester très longtemps, jusqu'à 16h00, vous êtes là depuis quand ?
- Depuis le premier jour répond-il.
Elle évite de s'approcher, et pas seulement pour ne pas avoir à trop lever les yeux.
Il lui tend gentiment un gilet en la regardant avec intérêt.
Avant de le passer elle l'éloigne pour lire : il est inscrit «Eh bien, donnez-leur du biocarburant!» signé « Brigitte Macron », en référence à Marie-Antoinette qui aurait dit, selon la légende, aux Parisiens qui n'avaient plus de pain: «Qu'ils mangent de la brioche ».
Sur l'autre gilet, qu'il lui tend à deux mains pour qu'elle puisse lire, il est inscrit : « Qui sème la misère récolte la colère »
C'est celui qu'elle choisit.
Et toujours ce sourire… et ce regard vert très doux et envoûtant.

Elle songe : trop tard, trop près, touchée et bientôt coulée…et cette perspective ne l'effraie même pas.

L'heure devient grave songe-t-elle en souriant intérieurement.

Il lui rend son sourire, ce qui la fait rire.

Et bien ma fille tu es bien transparente, lui aurait dit sa mère.

Elle croit même l'entendre et doit se retenir pour ne pas pouffer …et qu'il le remarque.

Les slogans sur les gilets, leur servent de prétexte à discuter et à refaire le monde même s'ils sont intimement convaincus, l'un comme l'autre, que l'injustice sociale amplifiée par l'injustice fiscale est la cause de cette révolte populaire avec, phénomène aggravant, le sentiment d'un grand mépris de classe.

En effet, comment peut-on qualifier de « pognon de dingue » les amortisseurs sociaux après avoir supprimé l'Impôt de Solidarité sur la Fortune et réduit les Allocations Logement ?

Il est docteur en sciences économiques et en sociologie et ses analyses et explications sont brillantes.

Elle a l'impression de tout comprendre de la colère qui s'exprime aujourd'hui.

Les gens ne se sentent pas révolutionnaires, simplement humiliés.

Il enseigne l'économie politique et est en même temps jeune exploitant agricole en maraîchage et arboriculture bio et en permaculture en association avec des amis chercheurs à l'INRA.

C'est la sonnerie de son smartphone qui les tire de leurs discussions.

Il est temps qu'elle parte si elle veut être à l'heure et ne pas être pénalisée.

Il lui faudra en effet, en arrivant chez sa cliente, téléphoner depuis son poste fixe pour pointer.

Elle a calculé un peu juste et Thomas la sentant préoccupée lui propose d'utiliser sa trottinette à charge pour elle de la ramener après sa vacation.

Par précaution, ils échangent leurs numéros de mobile et Marie part le cœur en fête en regardant l'heure.

Il est 16h00 et elle arrivera chez sa cliente avec un gilet jaune, en croquant une pomme du verger de Thomas.

Une si belle journée de printemps

C'était une belle journée de printemps.
Brigitte resplendissait comme le jour de notre rencontre il y avait aujourd'hui trois ans. C'est ici au bord de la plage que je l'avais vue pour la première fois.
Elle avait l'air d'une ado et mon cœur avait basculé. Le sien aussi.
L'année d'après nous étions revenus nous marier dans l'église monolithe Saint Jean ou elle avait fait sa communion.
Comme l'année dernière nous étions revenus à la même époque pour être au même endroit à la même heure que celle du jour où nous nous étions rencontrés.
Notre pèlerinage en somme mais connu de nous seuls.
Hermine et Emile, ses parents, chez qui nous étions logés tous les ans ne retenaient qu'une chose. C'était notre semaine de vacances. La seule ou nous ne courrions plus le monde. Celle où leur fille revenait, où elle ne donnait pas de concerts. Une définition simple du bonheur : *Elle est là et heureuse, nous aussi, semblaient-ils dire de toute leur joie.*
Nous aurions pu nous rencontrer à Tokyo, Londres ou New-York. Nous nous y étions croisés avant de nous connaitre, nos agendas l'affirmaient, mais c'est ici à Aubeterre, au bord du lac que nous nous sommes connus.
Elle était venue se reposer chez Hermine et Emile comme elle ne l'avait pas fait depuis de nombreuses années.
J'étais invité par un ami et confrère avocat président de la Ligue des droits de l'homme et du citoyen. Il avait organisé un colloque international dans la cité qui avait vu naître Ludovic Trarieux, et avait souhaité que j'intervienne pour apporter mon témoignage d'avocat d'affaires afin d'exposer comment les firmes multinationales peuvent contribuer à faire avancer ou au

contraire régresser les droits de l'homme par leur comportement… et en déduire les moyens de les contraindre ou de les inciter à plus de vertu.
Il était piquant et inattendu, de parler d'international dans la petite ville d'Aubeterre-sur-Dronne mais c'était le choix de son président en l'honneur de son fondateur.
Pourtant il y avait bien une véritable artiste internationale à Aubeterre ce jour-là au bord de la plage pendant que j'y faisais les cent pas en révisant mon discours pour l'assemblée du lendemain.
Elle se promenait seule dans une robe bleue et blanche légère et je n'avais plus vu qu'elle.
Elle n'avait pas laissé tomber son mouchoir, ce sont mes notes volantes qui se mirent soudain à vouloir mériter leur nom. Elle en fut entourée comme par une nuée de papillons à l'instant même où je passais à sa hauteur et où nos regards se croisèrent. Elle en attrapa deux avec adresse qu'elle me tendit en souriant. La glace était rompue mais, y en avait-il jamais eu ?
Cette rencontre a grandement nuit à ma concentration et à la révision de mon intervention.
Je me souviens que j'ai dû improviser à la tribune plus que de coutume.

Aujourd'hui elle est encore plus radieuse que jamais et pendant que nous marchons main dans la main, je repense à ce premier jour et je sens la pression de ses doigts sur les miens qui jouent la même partition.
Je suis bien, comme toujours avec elle, sans aucune autre attente que de sentir sa main douce et chaude dans la mienne. Sa main vivante dans la mienne. Quoi de plus doux.
Nous avions décidé de passer un moment sur la Dronne, comme nous l'avions fait les jours suivants notre rencontre, à naviguer à bord d'un canoë-kayak.
J'étais bon à ce sport, même très bon, et elle aimait la glisse sur l'eau et l'effort qui va avec.

L'eau était son élément et aussi le mien.

Une fois passé le gilet de sauvetage, enfilé les chaussons, inspecté rapidement le canoë et l'avoir poussé à l'eau, je m'installais comme d'habitude à la place arrière.

Très vite et naturellement les pagaies trouvèrent le rythme et la navigation nous emporta de plaisir partagé. La coordination de nos mouvements était parfaite.

Tout allait bien.

J'admirais son aisance et sa nuque m'attirait. J'avais envie de l'embrasser et le lui dis. Elle répondit par une plaisanterie qui me renvoyait à mon rôle de chef d'embarcation mais me promettait un avenir câlin à condition de garder mes distances, ici et maintenant, pour préserver la stabilité de notre esquif. Je lui fis savoir que je prenais bonne note de sa promesse mais que je saurais faire valoir mes droits à sa réalisation dès notre retour à terre. Elle se mit à rire et déclara : -mais bien sûr maître ! -ce sera comme vous voudrez maître ! -mais plus tard maître !

Son rire clair et sa voix mélodieuse me ravissaient.

Il y avait une heure environ que nous étions sur l'eau à savourer notre effort lorsque brusquement, sans que rien ne l'annonce un violent coup de vent, nous frappa de face.

Le canoë parut s'arrêter. La rivière sembla figée un instant puis la course reprit plus lentement sans que nous ayons modifié notre façon de ramer.

Il faisait soudain plus frais mais c'était, sans doute à cause de l'heure.

Nous avions repris notre progression sans parler. Je proposais à Brigitte de rentrer et nous étions en train de virer lorsqu'une autre rafale nous prit par le travers.

Elle était plus forte et nous plus vulnérables. Le canoë chavira. Rien de grave nous savions redresser même à deux.

J'avais ouvert les yeux sous l'eau pour voir si nous allions réussir notre esquimautage du premier coup.

Il faut, en effet, parfois recommencer de l'autre côté. Mais, avant, il faut voir son partenaire pour aller ensemble dans le bon sens dès la première tentative. Nous l'avions fait cent fois.
J'y étais prêt.
Mais j'étais seul. Brigitte n'était plus devant moi. Je me dégageai de ma place pour essayer de voir où elle était. L'eau était claire et je la repérai aussitôt. Pourquoi était-elle descendue autant ? Elle ne nageait pas.
Je la rejoignis avec difficulté après avoir déchaussé pour aller plus vite. Pourtant la Dronne n'est pas profonde.
Elle était inerte et ne réagit pas lorsque je la ceinturai pour pouvoir remonter avec elle.
Le canoë avait dû s'éloigner avec le courant et je ne le cherchai même pas des yeux. Il fallait seulement remonter, remonter.
C'était une formalité, une simple formalité. Dans quelques minutes on allait atteindre la surface.
Pourquoi ne bougeait-elle pas ?
Et pourquoi la surface était-elle encore si loin ? Personne ne le saura jamais.
J'étais à bout de souffle mais j'avais réussi à prendre sa douce main dans la mienne.
Sa main douce mais froide dans la mienne.
Encore un effort. J'allais y arriver c'est sûr. Il fallait juste tenir encore un peu. J'arrivais enfin à la surface, je voyais la lueur du jour plus forte mais au moment où je sortais, où j'allais respirer, un tronc d'arbre à la dérive me heurta avec violence. J'eus l'impression que ma tête éclatait et soudain le noir le plus profond se fit, puis une lumière intense parut illuminer l'eau. La chaleur m'envahit et des chants d'anges accompagnés d'une musique céleste retentirent.
C'était le 27 mars 1997.
Le lendemain les journaux annoncèrent le décès par noyade de la violoniste de renommée internationale Brigitte Jonca et de son mari l'avocat Ozer Ipeck ancien champion olympique de canoë-kayak.

L'invitation

Tout était silencieux dans la salle d'attente de cette petite gare perdue.

Après l'agitation et le fracas de la soirée que je venais de vivre ce n'était pas pour me déplaire.

Je choisis de m'allonger sur la banquette la plus éloignée de l'entrée mais de manière à la surveiller.

Mon costume de soirée déchiré, et mes chaussures vernies râpées n'étaient pas beaux à voir.

Je n'osais pas fermer les yeux de crainte de m'endormir. Je craignais que mes poursuivants ne m'aient vu entrer.

Mais je ne risquais pas de dormir. Mes côtes et mon œil droit à demi fermé me faisaient trop mal.

Maintenant que j'étais au calme, je me mis à réfléchir à la situation.

Quelle idée d'avoir accepté l'invitation de Rodolphe.

Une soirée chic et choc m'avait-il dit.

Va pour le choc, oui !

Mais pour le chic c'était perfectible.

La soirée avait pourtant bien commencé.

Nous étions arrivés dans l'hélico du père de Rodolphe sur le terrain de golf du château qui dominait la vallée. Rodolphe m'avait expliqué que la route était très étroite et dangereuse sur les derniers kilomètres même en véhicule tout terrain.

C'est ce qui faisait à ses yeux le charme de ce château de famille.

On ne risquait pas de voir arriver des visiteurs importuns. La soirée serait entre amis choisis… qui arrivaient effectivement, quatre par quatre, à chacune des rotations des deux hélicoptères.

Cocktail et repas étaient dressés dans la grande salle avec vue sur la vallée.

L'orchestre jouait en sourdine pendant que les invités étaient accueillis par des garçons en livrée présentant des coupes de champagne sur des plateaux d'argent.

L'ambiance, un peu froide au début, fut assez vite plus animée grâce à l'alcool et à la musique.

Je commençais à penser que la soirée pourrait être agréable, d'autant que je venais de faire connaissance avec Alicia la cousine de Rodolphe et qu'elle était délicieuse.

Nous serions à la même table… La perspective était agréable.

La deuxième coupe de champagne avait mis du rose aux joues d'Alicia, et la troisième que j'avais terminée me rendait volubile.

C'est alors, que je vis entrer dans la salle un groupe d'hommes en tenues noires et cagoules. Ils étaient armés de mitraillettes.

On aurait dit des hommes du Raid. Je crus un instant que je rêvais… que j'étais à l'entrainement… Alors que j'étais en permission.

Puis les réflexes revinrent… Nous étions agressés… J'étais de l'autre côté… Du mauvais côté.

Et ces hommes n'étaient pas des militaires mais des malfrats venus, comme nous par les airs, pour dépouiller de ses bijoux la riche assemblée. Ils étaient, en fait comme les invités, en tenue de soirée sombre et avaient enfilé des cagoules noires qui cachaient leur visage et leur chemise.

Celui qui semblait être le chef leva son arme et hurla en nasillant de se taire et de l'écouter.

Quelques instants plus tard, tous les invités étaient regroupés dans un angle de la salle et invités à vider leurs poches ou leurs sacs à main et à en déposer le contenu, ainsi que tous les bijoux, montres, colliers, bracelets dans un gros sac en toile noire. C'est l'un des encagoulés qui passait parmi les invités.

Le chef le suivait de trop prés. je sentis que je pouvais, peut-être, tenter quelque chose.

Lorsque le porteur de sac s'approcha de moi, j'étais prêt. J'avais discrètement fait s'écarter mes voisins de part et d'autre et je l'accueillis par un coup de pied tournant qui le toucha à l'oreille et l'envoya par terre à plusieurs mètres.

Je me reçus sur les mains, me redressais et me retrouvais face au chef qui n'osa pas se servir de son arme. L'instant d'après, il était désarmé et j'étais derrière lui sa gorge prise au creux de mon bras et deux doigts dans son dos imitant un pistolet.

Je lui intimais l'ordre de dire à ses hommes de déposer leurs armes.

Ce qu'ils firent.

Je sortis alors ma main de son dos et j'arrachai la cagoule.

Une exclamation monta de l'assistance et je vis Alicia porter la main à sa bouche avec un regard d'étonnement profond.

Je retournai l'homme et je compris. C'était Rodolphe.

J'en fus, à mon tour, tellement surpris que je desserrai mon étreinte.

Rodolphe en profita. Je ne pus esquiver un crochet qui me ferma l'œil et me laissa quelques secondes sans réaction. L'instant d'après j'étais au sol et Rodolphe en bon adepte du kickboxing m'avait gratifié de plusieurs coups de pied de pointe qui m'avaient coupé le souffle.

Je repris mes esprits, juste à temps pour le voir courir vers une baie vitrée et s'échapper dans la nuit.

Je me relevai et me lançai à sa poursuite. La nuit était claire et je le voyais parfaitement lorsqu'il était à découvert.

Il avait emprunté un chemin de terre caillouteux qui descendait vers la vallée. Je le suivais avec difficulté. Il m'avait bien arrangé les côtes.

Mais derrière moi, je compris que les choses avaient pris une nouvelle tournure, plusieurs hommes en armes nous suivaient. Ils avaient dû se ressaisir et dévalaient la pente en pestant.

Je ne pouvais pas revenir sur mes pas.

Je les entendais courir et s'interpeller. Devant moi, plus bas dans la pente, Rodolphe cria.

- Il me suit, attrapez-le ! Il ne nasillait plus, mais semblait furieux et accablé.

Ils paraissaient n'être que deux sur mes pas. Mais assez loin me sembla-t-il. Quant à Rodolphe, il me distançait. Je dus m'arrêter un instant pour reprendre mon souffle.

Les deux autres couraient en soufflant bruyamment, mais ils se rapprochaient. Je repris ma course en essayant de faire le moins de bruit possible malgré mes chaussures de soirée.

Nous courions depuis au moins une heure, lorsque j'aperçus des lumières, plus bas dans la vallée.

C'est alors que je glissai sur un rocher en saillie au milieu du sentier. Je fis un roulé-boulé pour amortir ma chute mais je sortis du chemin, dévalant sans pouvoir me retenir sur plusieurs dizaines de mètres dans les épineux et les broussailles qui finalement me ralentirent et m'immobilisèrent.

J'avais, sans le vouloir, changé de chemin et distancé mes poursuivants.

Quelques minutes après, j'étais dans la gare dont j'avais aperçu les lumières avant de tomber.

Alors que je réfléchissais après m'être installé, j'entendis des halètements tout près de moi.

Je me levai en silence et m'approchai. Je n'en crus pas mes yeux. Rodolphe était là, accroupi, prostré derrière un banc, hébété, les yeux dans le vague. Il les leva vers moi sans bouger.

Dick Laurent est mort

Les phares trouent la nuit.

La route défile devant lui. Sa voiture est sur un rail. Celui de la bande jaune au milieu de la chaussée.

Il va toujours plus vite dans la nuit noire.

Il s'est enfin arrêté et maintenant, il est là, les yeux dans le vague réfléchissant en fumant.

Puis, il est devant la porte d'entrée.

Il actionne le bouton de l'interphone.

Et il entend ces mots terribles. Ces mots qu'il craignait d'entendre, qu'il espérait ne pas entendre : « Dick Laurent est mort ».

Dick, son ami, son frère.

Dick sans qui il serait mort dans les rizières du Vietnam.

Dick qui lui avait sauvé la vie et à qui il avait sauvé la vie dans cette sale guerre.

Ils étaient partis à dix-huit ans sans enthousiasme, à contrecœur.

Ils n'avaient pas eu le choix. Comme nombre de leurs camarades ils avaient dû obéir et n'avaient pas eu le courage de refuser de partir. De devenir des insoumis.

Ils avaient appris le maniement des armes et la meilleure manière de tuer, de se protéger, de se cacher et de survivre dans un milieu hostile.

Ils étaient devenus des machines à combattre, mais aussi des machines à tuer… pour ne pas être tués.

Ils avaient fini par être convaincus qu'ils étaient du côté du bien et qu'ils luttaient contre le mal.

Ils se défendaient contre un ennemi cruel et fanatique… Ils avaient vu tant de leurs amis mourir… ou disparaitre.

Puis, il y eut l'attaque de ce village où des Viêt-Cong étaient cachés et depuis lequel ils attaquaient leur camp la nuit.

Leur section avait reçu l'ordre de réduire cette position.

Ce fut un carnage qu'ils ne pouvaient plus oublier et qui hantait toutes leurs nuits.

Ils avaient assisté et participé au meurtre de presque tous les civils du village.

Pour une dizaine de combattants ennemis morts et un prisonnier, ils avaient tué cinq fois plus de femmes, d'enfants et de vieillards.

Il n'arriverait jamais à oublier le regard d'étonnement, de crainte et de supplication de cette petite fille de huit ou dix ans, les mains sur les oreilles pour ne pas entendre le fracas des armes automatiques, tuée sous ses yeux par un ou plusieurs des leurs.

Peut-être par leurs propres tirs ? Comment savoir ?

La suite de la guerre avait été pour Dick et pour lui un long calvaire. Ils ne croyaient plus, ni l'un ni l'autre, représenter la force du bien. Ils avaient éprouvé la nécessité d'en parler ensemble, mais seulement entre eux.

Puis ils avaient compris qu'ils n'étaient pas seuls à avoir perdu la foi dans leur mission.

Les cris de frayeur de plusieurs de leurs amis de chambrée se réveillant en sanglots, vite refoulés, leur avaient appris que les autres aussi faisaient de sales rêves.

Puis ils étaient rentrés au pays.

Mais plus jamais ils ne dormirent une nuit complète sans cauchemar.

Ils étaient revenus en bonne santé physique, sans blessure ni handicap visible.

Ils étaient en vie mais n'avaient plus le goût de vivre.

Ils ne savaient plus faire autre chose que ce qu'ils avaient appris à faire pendant toutes ces années : la guerre, que pourtant ils abhorraient.

Il fallut réapprendre à vivre…autrement.

Dick avait repris le garage familial dans sa ville natale de Lincoln dans l'État du Nebraska, et vivait avec sa mère.

Lui, était revenu à Sausalito dans la banlieue Nord de San-Francisco… où son frère possédait une Maison- Bateau.

Il put se remettre à la peinture.

Il n'avait jamais cessé de dessiner pendant tout son séjour forcé au Vietnam. Il pensait que c'est ce qui lui avait permis, avec l'amitié de Dick, de ne pas devenir fou.

Naturellement ou inconsciemment ce sont ses carnets de dessins qui alimentèrent son inspiration et firent son succès… à défaut de faire son bonheur.

Pendant quelques années, Dick lui rendit visite au moins une fois par an et il fit de même en allant le voir à Lincoln. Ils se téléphonaient souvent.

Puis les coups de fil se firent plus rares.

Ils ne s'étaient plus ni vu ni parlé depuis plus d'un an quand Dick se manifesta en laissant un message sur son répondeur.

Il lui annonçait qu'il passerait dans quelques jours en Californie et qu'il essaierait de venir à Sausalito.

Lorsqu'il le rappela pour savoir s'il venait et quand, Il eut la mère de Dick au téléphone.

Il était parti depuis plusieurs jours déjà, de façon précipitée et sa mère qu'il connaissait lui fit part de son inquiétude.

Le lendemain de son départ deux hommes étaient venus au garage et vinrent, jusque chez elle, lui demander où était Dick.

Ils devaient lui parler au plus vite.

Elle n'avait pu leur répondre et vit le mécontentement s'afficher sur le visage du plus âgé des deux hommes.

A sa description, il crut reconnaitre le major Humphrey Johnson.

Il était leur chef de section lors de l'attaque du village.

Ce n'était pas un tendre et jamais il n'y avait eu, à sa connaissance, de relation autre que hiérarchique entre lui et Dick. Je dois me tromper, pensa-t-il.

Il s'attendait à ce que Dick l'appelle prochainement.

Il se passa plus de dix jours avant qu'il ne le fasse.

La conversation fut brève. Dick, cachant mal son inquiétude, lui avoua qu'il avait des ennuis et confirma que c'était bien Humphrey Johnson et son homme de main qui le recherchaient.

Il avait accepté de travailler avec Johnson, dans des affaires douteuses. Il avait dû fuir et craignait pour sa vie. Il lui demanda de ne pas s'en mêler et accepta seulement de lui dire où il se cachait.

Il était chez un couple d'amis, à quelques centaines de miles de San-Francisco.

Il désobéit à Dick et prit la route.

On n'est pas sérieux quand on a dix-sept ans

On n'est pas sérieux quand on a dix-sept ans. *On se croit immortel. On prend des risques inutiles.*

Il entendait ces paroles autour de lui. Comme un brouhaha.

À croire que les adultes, car il entendait des voix d'adultes, n'avaient jamais eu son âge.

Qu'ils étaient nés adultes.

Et s'ils étaient simplement amnésiques ?

Il faudrait qu'il en ait le cœur net.

Qu'il les interroge.

Qu'ils lui disent comment ils étaient à son âge.

S'ils sont sérieux maintenant.

Plus sérieux que lorsqu'ils avaient dix-sept ans ?

Il était curieux de savoir.

Les bavardages continuaient.

« On n'est pas sérieux quand on a dix-sept ans. *On est insouciant. On n'a pas le sens des réalités. On prend des risques inutiles.* »

Les voix étaient plus nombreuses. Le brouhaha plus fort.

Les voix lui faisaient mal à la tête.

Il aurait aimé leur dire de se taire.

De le laisser réfléchir. De le laisser préparer ses réponses.

Mais elles parlaient toutes en même temps.

Elles l'envahissaient.

Elles le submergeaient, le pénétraient.

Taisez-vous ! Taisez-vous !

Elles ne m'entendent pas ?

Mais taisez-vous donc ! Je n'arrive pas à penser.

Il faut que je réfléchisse.

Il faut que je me souvienne comment.

Il faut que je me souvienne pourquoi.

Il faut que je me souvienne depuis quand.

Depuis quand, comment et pourquoi suis-je là ?

« On n'est pas sérieux quand on a dix-sept ans. *On est insouciant .On croit avoir toute la vie devant soi. On n'a pas le sens des réalités. On se croit immortel. On prend des risques inutiles.* »

Elles continuent.

Elles ne m'écoutent pas.

Elles ne m'entendent pas.

Elles se répètent.

Elles radotent.

Je les entends mais je ne les vois pas.

Ma tête !

J'ai mal.

Taisez-vous !

Taisez-vous !

...Écoutez ! ...Écoutez ! ... la sirène !... la sirène !

Les voix toutes ensemble:

L'ambulance, laissez passer l'ambulance !

La ville blanche

Le dernier panneau indiquait un kilomètre.

Je sentais Ray haleter dans mon dos et l'encourageais en lui donnant l'information qu'il ne pouvait avoir vue.

-Nous sommes presque arrivés alors, souffla-t-il, puis il se remit à chanter.

Quand nous ne parlions pas, il chantait.

Le fauteuil cahotait mais Ray poussait et chantait.

Cela faisait trois jours que nous roulions, lui derrière et moi devant. Trois jours que nous parlions ou qu'il chantait l'espoir.

Trois jours que nous étions tendus vers notre destination et que nous en parlions.

Trois jours que nous avions laissé ma grosse limousine climatisée et mon chauffeur pour emprunter ce chemin de montagne étroit et rocailleux et continuer à pied et en fauteuil.

Elle était enfin là, cette ville de nos attentes.

-« Crois-tu qu'ils soient vraiment capables de tout réparer ?

-Leur réputation est grande mais si elle était surfaite ? –

-Aucun de ceux qui nous en ont parlé n'y est jamais venu.

-Ils n'ont jamais eu à faire avec ces artisans.

-Ils ne leur ont jamais confié une réparation. »

Quand ce n'était pas lui, c'était moi qui posais les mêmes questions et il me rassurait.

Nous étions enfin arrivés.

L'immense porte en bois peinte en blanc était ouverte et les gens en armes qui la gardaient ne firent pas de difficulté pour nous laisser entrer.

De grandes torches installées de part et d'autre éclairaient les vantaux. Des caméras visibles simplifiaient sans doute le travail des gardes et expliquaient leur bonhomie.

Des étals de marchands étaient dressés sur lesquels des pièces de drap blanc s'offraient à la vue des passants.

La ville aussi était blanche.

La rue principale dans laquelle nous avancions était blanche.

Les façades de maisons et des échoppes étaient blanches avec des inscriptions en lettres bleues ou rouges.

Les enseignes commerciales avaient la même sobriété et les spécialités des artisans s'exprimaient par des dessins évocateurs ou des idéogrammes facilement compréhensibles.

Tous les habitants portaient des vêtements blancs, bleus ou verts. Toutes les autres couleurs semblaient être bannies.

Je décrivais à Ray ce que je voyais. Nous n'étions pas surpris.

Il m'interrogeait sur les spécialités que vantaient les enseignes et je m'efforçais de le renseigner.

Plusieurs d'entre elles représentaient deux yeux : le premier fermé et le suivant ouvert. J'étais rassuré pour Ray.

-Pour moi, ça se présente bien me souffla-t-il. Mais pour toi ?

-Je n'ai pas encore vu d'enseigne mais avançons encore.

Il poussa avec encore plus d'énergie que d'habitude. Je le sentais pressé.

Je réalisais que depuis que nous étions entrés dans la ville mon fauteuil ne cahotait plus... et pour cause, la chaussée était carrelée et d'une extrême propreté... nous avancions dans un air pur et sans poussière.

Je le fis remarquer à Ray et nous fûmes d'accord pour trouver cela tout simplement normal.

- Ray arrête toi !

Une enseigne, plus grande que les autres, présentait de nombreuses spécialités dont celle qui intéressait Ray avec l'œil fermé et l'œil ouvert, mais également un idéogramme représentant un homme assis dans un fauteuil, puis debout, puis marchant.

Je la décrivis à Ray.

- Mon gars, allons-y , c'est bon pour nous deux ! ...il fit pivoter le fauteuil, comme s'il avait déjà recouvré la vue.

L'instant d'après nous étions dans un hall d'accueil d'un blanc immaculé.

Sur les murs de marbre étaient accrochées des photos de vedettes du show-biz et de la politique. De grands écrans diffusaient des images de films récents.

J'allais dire à Ray ce que je voyais lorsque surgit devant nous dans un costume de chirurgien Jean Dujardin en personne.

Ouvrant les bras dans notre direction il clama :

-Monsieur Ray Charles, Comte Pozzo di Borgo, permettez-moi de vous souhaiter la bienvenue à Génétic-Ville.

Dissonances

J'avais laissé dehors la neige et le vent et commençais à me réchauffer. Les fidèles s'installaient. Des femmes seules, des couples, des familles avec des enfants. Pas d'hommes seuls comme moi. Tous paraissaient joyeux, se parlaient à voix basse, saluaient ceux qui se glissaient près d'eux et leur faisaient une place en se serrant.

Il neigeait toujours. Les coiffures et les vêtements des derniers arrivants en témoignaient comme le sol de la cathédrale qui se couvrait d'eau et de petites mottes glacées entre les travées.

De ma place au fond de la cathédrale, en retrait de la porte, je voyais entrer les fidèles et ne me lassais pas de les suivre du regard toujours étonné de les voir si différents et pourtant si semblables dans l'allégresse. Noël restait un mystère pour moi.

La femme entra et son apparition interrompit mes réflexions.

Elle était grande et sa beauté me subjugua. Ses longs cheveux roux lui arrivaient à la taille. Elle portait un manteau vert anis qui mettait en valeur ses formes magnifiques et ses longues jambes au galbe parfait. Elle était chaussée de bottines bordées de fourrure blanche assorties à son manteau. Elle portait un grand béret en feutre du même vert.

Ses mains étaient aussi gantées d'anis.

Une tenue de mannequin sortant d'un défilé de mode en totale dissonance avec le lieu et le moment.

Mais plus insolite encore, elle poussait un landau noir.

Elle parut hésiter un instant puis s'avança de quelques pas en regardant furtivement autour d'elle, l'air idiot.

Je surpris son regard. Un regard étonné, interloqué, interrogateur. Elle paraissait se demander ce qu'elle faisait là.

Ou bien, cherchait-elle quelqu'un ?

Puis elle se dirigea vers l'allée centrale poussant toujours le landau devant elle.

Je me levai et la suivi à distance faisant mine de chercher une place.

Arrivée aux premiers rangs elle tourna vers la droite en direction de la petite chapelle de la Vierge où était installée la crèche. Apparemment, elle ne cherchait plus.

Je la suivais toujours, dix pas derrière.

Sa démarche était une provocation. Je me disais que tous les hommes allaient se lever, sortir de derrière leurs bancs et la suivre avec moi.

Mais, aucun ne le fit.

J'avais, comme elle, ralenti le pas. Je voulais rester à bonne distance.

Arrivée devant la crèche elle s'arrêta, regarda autour d'elle, plusieurs fois puis se pencha vers le landau.

Quelques instants plus tard elle se redressa, s'approcha de la crèche et parut y déposer une offrande.

Puis elle fit deux pas en arrière et s'éloignait déjà quand deux malabars en tenue de motard apparurent près d'elle.

Elle eut un mouvement de surprise et porta une main à son cou l'air hagard.

Sébastien se plaça devant elle et Jérôme la contourna en direction de la crèche.

Mes deux jeunes et solides inspecteurs étaient là, je ne les avais pas vus arriver. Elle ne risquait pas nous échapper.

Je m'approchais et je vis Jérôme brandir triomphalement un paquet.

Au moins deux kilos.

Au moment où j'arrivais auprès d'eux, les pleurs d'un nourrisson jaillirent du landau. La femme se pencha et prit dans ses bras le bébé.

Chapeau le camouflage. Ils n'avaient pas mégoté sur les moyens. En vain. Ils avaient perdu cette fois ci.

Mais… Jérôme avait porté le paquet à son nez et paraissait abasourdi.

Je le vis enfoncer, à nouveau, son canif et le porter à la bouche ; puis il bredouilla :

- Patron, ce n'est pas possible…ça n'est pas…ça n'est pas…c'est…

- C'est du sucre !

La belle femme rousse, s'était assise et donnait le sein.

Elle semblait ne s'être rendu compte de rien et souriait aux anges.

Patrick Giordano

Patrick Giordano naquit à Dieulefit commune d'Ainsi le 25 décembre 1945.

Son père Alessandro était âgé de 27 ans et exerçait les fonctions de chef de gare.

Sa mère Marie était brodeuse à domicile, elle avait 22 ans.

Dès l'âge de cinq ans le petit Patrick faisait l'admiration de tous par ces dispositions à tout vouloir comprendre, comme le dira plus tard Mademoiselle Lepinsec son institutrice.

Il était aussi très aimable et serviable… Et fut dès ses huit ans le protégé du père Perret le curé du village dont il était l'un des enfants de chœur préférés, au grand dam de son père anticlérical, mais pour le plus grand bonheur de sa mère très pieuse.

Malgré leurs divergences sur la religion, les parents du petit Dominique s'entendaient bien et son enfance fut heureuse avec des parents aimants.

Élève brillant, Patrick Giordano s'intéresse très tôt à la littérature et au théâtre.

Il fait même partie en terminale de l'atelier théâtre et improvisation du Lycée Lakanal qu'il a intégré lorsque ses parents sont venus s'installer à Paris quelques années plus tôt.

Il jouera une pièce de boulevard dans laquelle il incarne avec bonheur un frère et sa sœur. Sa mère qui l'a aidé pour s'habiller en jeune fille ne cache pas sa fierté devant ce talent naissant.

Les professeurs, les parents et les élèves l'ovationnent lors des trois représentations.

Sa voie parait toute tracée. Il sera comédien.

Mais Alessandro Giordano, son père, ne l'entend pas de cette oreille et lui impose, après son bac obtenu avec mention, de faire un métier « honorable ».

Bon fils et ne voulant pas mécontenter son père qu'il adore, il entre alors à la faculté de droit… avec l'ambition affichée de devenir avocat.

Mais tout en poursuivant ses études, qu'il réussit brillamment sans effort apparent, il suit aussi les cours Simon sans que son père n'en sache rien. Seule sa mère est dans le secret. Même si elle n'approuve pas entièrement son fils, elle ne peut rien lui refuser.

Leur complicité ne se démentira jamais et le secret ne sera révélé à son père que lorsque Patrick s'inscrit au barreau en 1970.

Il se spécialise dans le droit pénal et réussit assez vite dans la défense des plus démunis et des parias de la société.

Il porte sa robe d'avocat comme un étendard.

Son nom est de plus en plus souvent cité dans des affaires retentissantes, ou il défend des hommes passibles de la peine de mort.

Cette peine de mort qu'il combat avec d'autres jusqu'à son abolition.

Mais en même temps qu'il se fait connaitre comme ténor du barreau sous son nom de Patrick Giordano, il se produit de plus en plus souvent sur scène sous le pseudonyme de Claude Garçon, le nom de jeune fille de sa mère.

Il campe des personnages aux antipodes de sa profession d'avocat, comme dans « La Bonne du Curé » de Jean de Lassalle jouée au théâtre Hebertot en 1978.

Dans cette pièce truculente il est à la fois la bonne bretonne et le curé marseillais. Une prouesse qui lui vaut les louanges de la presque totalité de la critique. On ne peut s'empêcher de penser à la pièce qu'il joua lycéen. Habilleur et maquilleuse obtiennent un « Molière » pour leur prouesse.

Puis il est remarqué également dans « la Cage aux Folles » ou il joue avec délectation et brio le premier rôle, au théâtre des Variétés en 1981.

Il reprendra d'ailleurs ce rôle en 1993 aux côtés de Marcel Lefranc, et la pièce sera jouée pendant trois ans.

En 1995, il quitte le barreau.

Pendant ces 25 années aucun de ses pairs ne soupçonnera cette double vie professionnelle pourtant très publique.

Il aura toujours réussi en portant perruques, moustaches, et lunettes à la scène, lorsqu'il joue des personnages masculins, à ne ressembler en rien au brillant avocat qu'il était à la ville.

Puis en 2000 on perd la trace de Patrick Giordano et on suit la carrière exceptionnelle de Claude Garçon qui joue de plus en plus des emplois féminins et masculins ou tout simplement des emplois féminins.

Lorsqu'il disparait en 2009 dans un accident de la route on apprend qu'il est devenu …depuis plusieurs années déjà : Mademoiselle Claude Garçon.

Un soir comme les autres

Il rentre comme tous les soirs heureux de sa journée.

Heureux de retrouver son havre de paix.

Quelle banalité pense-t-il.

Havre de paix n'est pas suffisant pour décrire son bonheur.

Pour exprimer ce qu'il ressent depuis qu'elle est là…. Depuis qu'elle partage sa vie.

Depuis quatre ans, tous les jours il a pu mesurer la profondeur de leurs sentiments et de leur complicité toujours plus évidente…sur la plupart des sujets.

Chaque soir quand il rentre, c'est avec la joie au cœur.

Il sait qu'elle est là ou qu'elle ne va pas tarder.

Qu'elle va l'accueillir avec le plus merveilleux des sourires.

Qu'ils vont se raconter les faits marquants de leur journée.

Qu'ils vont rire ensemble, s'émouvoir ensemble, réagir ensemble, se scandaliser ensemble… sur les mêmes sujets.

Comme tous les soirs ils partageront la joie d'être ensemble.

Il arrivera finalement plus tôt que d'habitude, alors qu'il devait arriver très tard dans la nuit.

Il a pu la prévenir de son arrivée tardive…

Mais lorsque la réunion a été annulée il n'a pas pensé à l'appeler…

Et il s'aperçoit qu'il a oublié son smartphone au bureau.

Il renonce à remonter le chercher trop pressé de rentrer.

Comme tous les soirs elle sera là …

… Et quand elle est là, la maison est illuminée, baignée de musique et de chants.

Il est arrivé.

Il ouvre la porte… Pas une lumière…. Pas un bruit.

Etrange.

Il actionne l'interrupteur de l'entrée.

Il appelle.

Rien, pas de réponse.

Il appelle à nouveau…plus fort. Trop fort !

Toujours rien.

Son cœur lui semble tout à coup pris dans une main géante… qui serre …qui serre…qui serre...

Soudain, il a peur.

Il est arrivé quelque chose.

Elle aurait dit qu'elle était sortie. Elle prévient toujours.

Il est forcément arrivé quelque chose.

Il se dirige vers le séjour. Il est plongé dans le noir mais une lueur scintille… c'est la télévision qui est restée allumée mais sans le son.

Il quitte le salon pour visiter les chambres en courant.

Rien, personne…

Affolé il revient vers le salon pour éteindre la télé.

Il actionne l'interrupteur.

La clarté se fait et il va vers la table de salon pour prendre la télécommande.

C'est alors qu'elle se lève brusquement, le casque sans fil sur les oreilles, surprise par la lumière et par son arrivée brutale sur elle.

La peur se lit sur son visage…puis un sourire… mais…est-ce bien un sourire ?

Elle est … Elle est…oui elle est nue.

Et Cédric affolé se lève du canapé, où ils étaient ensemble, … nu lui aussi.

Il a également un casque sans fil sur la tête. « Mon » casque pense-t-il.

Le salaud !

La télé montre l'orchestre philarmonique de Vienne en habits de gala au grand complet.

Carrousel humide

Le vieux Noratlas tourne depuis plus d'une heure au-dessus de la zone de saut.

Le fracas des moteurs s'apaise par intermittence lorsqu'ils reprennent leur souffle.

Nous sommes assis dos à la carlingue.

Le parachute dorsal nous tient lieu de dossier et nos mains sont posées sur le ventral.

Je suis face à la porte ouverte sur le vide et je peux voir le sol, au loin, et plus près le ciel bleu taché par des nuages de chaleur.

Je transpire dans ma tenue de saut lourde et mal coupée, tout comme les autres paras qui vont, comme moi, sauter aujourd'hui pour la première fois.

Le largueur est assis près de la porte dans sa tenue camouflée retaillée qui lui moule les jambes et le torse.

Je l'envie d'être à l'aise dans ses vêtements alors que je ne supporte pas les miens. Ils me collent à la peau. Que suis-je venu faire dans cette galère volante ?

Voilà plus de vingt fois que nous passons sur le terrain. Quand ce carrousel va-t-il cesser ? Avec la chute du vent ?

Je baigne dans mon jus.

Pourquoi a-t-il fallu que je réussisse à convaincre mes parents que le parachutisme était moins dangereux que la moto ?

Le carrousel continue dans le bruit des moteurs et la chaleur !

Je suis trempé de sueur.

Pourquoi m'ont-ils cru ?

Alors que l'avion fait un nouveau passage sur l'aile, je distingue au bord de la route qui longe le terrain de saut, un café de campagne avec des parasols publicitaires.

Que ne suis-je là-bas, assis à l'ombre devant une boisson fraiche ? En chemisette civile, caressé par une brise légère ?

A l'ombre devant une boisson fraiche. Comme l'été dernier à Sainte-Maxime avec mes frères.

Nous avions passé un été torride à ruser avec la chaleur dans l'eau, le vent et l'ombre. Tout ce que je regrette de ne pas avoir aujourd'hui.

Tout comme j'aspire à retrouver le calme et le silence.

Satanés moteurs. Quel bruit et quelle chaleur ! Je vais fondre !

Retour à Sainte-Maxime.

Le voilier file et nous rions du plaisir d'être arrosés par les vagues et fouettés par le vent.

Je suis trempé …mais pas de sueur.

Les virements de bord se succèdent.

Le calme et le confort de la navigation par vent arrière nous transportent dans le plaisir de la glisse.

Le bruit des moteurs se fait plus régulier.

-Prêts pour le saut !... Nous nous levons tous.

Le largueur nous fait signe d'accrocher le mousqueton de la sangle d'ouverture au filin en acier qui court au-dessus de nos têtes.

Une sonnerie stridente retentit et le feu de saut passe du rouge au vert.

Nous avançons vers la porte en file indienne en facilitant de la main le déplacement du mousqueton le long du filin.

Le largueur donne le signal du saut à chacun en lui donnant une tape brève dans le dos.

Soudain, je suis dehors.

L'avion s'éloigne de moi et le bruit des moteurs avec lui.

Mon parachute s'ouvre.

Je flotte dans l'air. Le silence se fait. Le spectacle est magnifique. La sensation de voler... de flotter, est extraordinaire.

C'est la paix, le silence.

Le bonheur des espaces infinis et le plaisir des yeux sont absolus.

Et... je suis enfin sec...

Puis le sol approche déjà.

Attraper les suspentes, les tirer pour amortir la chute.

Les pieds touchent le sol. Roulé-boulé en arrière: fesse droite épaule gauche.

Les pieds passent de l'autre côté.

Debout.

Plier la toile

La première fois

C'était une sensation étrange, la sensation d'un manque, la sensation d'être nu et vulnérable.
Il chassa cette pensée en gravissant les dernières marches de la passerelle d'embarquement et en pénétrant dans la Caravelle.
Le sourire de l'hôtesse d'Air Inter acheva de dissiper son malaise et il se dirigea vers sa place.
Après avoir déposé dans le coffre à bagages son attaché-case, préalablement délesté du dossier du jour, celui qui l'amenait à Paris, il s'installa contre le hublot, son dossier et les journaux pris à l'entrée de l'avion posés sur ses genoux.
Il imita son voisin de siège et attacha sa ceinture avant l'invitation à le faire.
Il ne savait pas encore qu'il l'entendrait des centaines de fois au cours de sa vie professionnelle.
Pendant que l'embarquement se poursuivait, il commença la lecture des manchettes des journaux afin de faire son choix.
Sud-Ouest titrait sur le crash d'un petit avion de tourisme dans les Alpes.
Il se dit qu'il aurait mieux fait de se plonger dans la lecture de son dossier d'étude de rentabilité financière qui allait l'occuper ces trois prochains jours car la sensation désagréable venait de renaître.
Il en devinait la cause sans vouloir se l'avouer.
Il prit le Monde et comme toujours il sauta au billet « Au jour le jour » de Robert Escarpit, en bas à droite de la première page, seul endroit du journal où était écornée la devise de « faire emmerdant » héritée des ancêtres du Temps.([2])

([2])Nécrologie de Robert Escarpit dans Le Monde du 21 novembre 2000 par Bertrand Poirot-Delpech

La narquoiserie d'Escarpit lui fit du bien. Son malaise s'estompa et il poursuivit la lecture du Monde par les pages politiques et les pages étranger.

Puis il posa le Monde et se plongea dans la lecture de son dossier professionnel et de la partie documentaire sur l'univers-métier dans lequel l'entreprise évoluait.

Partie essentielle pour comprendre l'activité, en appréhender les contraintes et les opportunités et aider à la décision. Partie la plus difficile mais aussi la plus utile et passionnante qui faisait déjà pour lui le sel du métier.

Il n'en sortit qu'à l'annonce de la descente vers Paris.

Il se revit alors huit ans plus tôt à la porte du Noratlas.

Il faisait beau, il faisait chaud.

Le moteurs et le vent faisaient trembler la structure dans un vacarme assourdissant.

Il était en treillis, harnaché et relié à la carlingue par la SOA, la sangle d'ouverture automatique, la lumière rouge était allumée mais le largueur avait commencé la procédure.

Tous les hommes étaient debout en rang prêts à sauter. Il était le premier près de la porte.

Tous attendaient l'ordre qui se matérialiserait par la lumière verte, la sirène intermittente et les GO ! GO ! retentissants du largueur.

Il revint à la réalité du moment.

La caravelle descendait vers Orly

Les tremblements de l'avion ne semblaient pas émouvoir son voisin de siège.

Il se tourna vers le hublot.

L'avion descendait vite et les perspectives se modifiaient tout au long de la descente.

Bientôt il fut proche du sol et la vitesse parut plus grande.

Était-ce normal ?

Son voisin ne s'en souciait guère qui continuait à lire son roman d'aérogare.

Retour vers le hublot. On était au-dessus de la piste. Puis les roues touchèrent le sol et l'avion se mit à tanguer en freinant violemment. Il se sentit projeté vers le siège devant lui puis revenir en arrière.

Il avait serré les poings et les fesses qui avaient encaissé le contact avec le sol.

Le pilote parut se féliciter en annonçant qu'ils étaient arrivés, son voisin n'avait pas levé les yeux de son livre.

L'instant d'après la plupart des passagers étaient déjà debout attrapant leurs valises et leurs vêtements dans le compartiment au-dessus des sièges.

Il ne se leva pas aussi vite que les autres, son voisin ne semblait pas pressé et il lui en sut presque gré.

Il songea qu'après plus de trente sauts en parachute et cent heures de vol ça n'était pas mal d'avoir enfin atterri pour la première fois avec l'avion dans lequel il avait décollé.

Son oncle aviateur serait content qui lui disait en riant qu'il ne fallait jamais descendre d'un bus en marche.

Il ne se sentirait plus nu et vulnérable en montant sans parachute dans un avion de ligne.

CLAIRE

Edité en 2014 *in* Nouvelles de La plume et l'oreille

Suivi de

Cinq ans plus tard

La marque

Claire s'installa devant sa coiffeuse.

Elle tendit la main vers la brosse à cheveux en se regardant dans la glace.

Elle était belle avec son profil de madone hérité de sa mère française et sa peau presque aussi noire que celle de son père malien. C'est cette beauté exotique qui avait fait d'elle un mannequin modèle de mode.

Son geste se figea.

Elle avait une tache au milieu du front entre les deux sourcils, comme le « bindi » des indiennes. Une tache plus claire…de la taille d'un bouton de chemisier.

Elle y porta la main pour l'effacer…

Peine perdue.

Elle s'approcha plus près du miroir pour mieux voir.

Ce n'était pas une tache. La peau était plus blanche. Moins brune que sa carnation de métisse… Cette marque n'était pas là hier au soir. Elle l'aurait vue en se démaquillant.

Qu'est-ce que c'est ? J'ai fait quoi hier?

Juste une journée dans l'eau et sur la plage. Ensuite le restaurant avec les autres.

Puis rentrée tôt à l'hôtel, trop vannée pour sortir avec eux, elle avait juste pris quelques notes dans son carnet d'écriture.

Claire s'efforça de se rassurer. Et de savoir. Elle ouvrit son portable et tapa : *dépigmentation de la peau.*

Vitiligo : dépigmentation de la peau due au soleil et au stress.

C'est vrai pour le soleil mais pas pour le stress songea-t-elle. Je suis en vacances et sans soucis. Le praticien local consulté parut perplexe.

La forme de la décoloration était trop parfaite et elle n'avait aucune autre tache sur le reste du corps.

Il la rassura mais lui conseilla de surveiller l'évolution et de consulter un spécialiste à son retour à Paris.

Elle se contenta de trouver un fond de teint qu'elle appliqua avec soin.

Les vacances d'abord.

Elle n'y pensa plus de la journée… même si elle fit attention à ne pas mettre la tête dans l'eau pour préserver le fond de teint.

Quand elle se démaquilla, la marque n'avait pas grandi.

Le lendemain matin elle se précipita vers son miroir.

La tache était toujours là. Elle avait apparemment la même taille. Peut-être un peu plus claire ? Une idée sans doute ?

De retour à Paris huit jours plus tard Claire prit rendez-vous sans empressement. Elle accepta une consultation à quinzaine et décida de continuer à se maquiller.

Mais trois jours plus tard en se douchant elle découvrit avec effarement une tache ronde autour de son nombril grosse comme une grande assiette qui remontait jusque sous ses seins et descendait jusqu'à son mont de Vénus… elle aussi de forme parfaite mais plus claire encore que sur son front.

La panique la saisit. Le rendez-vous put être avancé au jour même.

Le spécialiste fut très professionnel mais n'en parut pas moins décontenancé à Claire et ne délivra ni diagnostic ni encouragement.

Il suggéra des analyses et des examens.

Les hommes en blanc étaient surpris, silencieux ou bavards, sentencieux ou modestes mais sans solution ni réponse autres que dilatoires ou confuses.

Les deux taches restèrent en l'état pendant plusieurs semaines.

Les examens et analyses n'avaient rien donné…

Claire avait décidé de s'en accommoder.

Le blanc domine

Puis ce matin-là, en se levant après avoir allumé sa lampe de chevet, elle s'aperçut que ses mains et ses pieds étaient blancs.

Blancs comme ceux de sa mère.

Elle courut jusqu'à la salle de bain pour se regarder dans la glace.

Elle fit passer sa chemise de nuit par-dessus sa tête et regarda son corps nu. Elle était blanche. Plus une once du brun légué par son père sauf sa tête, hormis le « bindi », et son cou.

Elle pensa avec émotion à eux qui auraient pu l'aider à comprendre ce mystère, qui auraient au moins partagé ses questions. Mais depuis leur mort accidentelle, elle n'avait pas d'autres personnes à qui se confier.

Le monde dans lequel elle vivait était trop superficiel. Elle se demanda, pour la première fois, si son père aurait compris et accepté qu'elle se serve de son image de femme « noire » métisse et occidentale pour en vivre. Qu'elle se serve de sa beauté, de la couleur de sa peau en la laissant coucher sur le papier glacé des magazines de mode et sur les murs des grandes villes.

Elle n'avait jamais, autant qu'à cet instant, ressenti la frivolité des gens qu'elle côtoyait tous les jours dans l'exercice de ce qui représentait encore aujourd'hui son seul moyen de subsistance.

Heureusement qu'elle écrivait. C'était, depuis toujours, une exigence et un bonheur. C'était aussi un loisir qui lui prenait le plus clair de son temps libre et lui permettait de supporter la futilité de son quotidien.

Petite fille elle imitait son père, journaliste et essayiste reconnu, en s'installant, pendant des heures près de lui, à ses pieds, sous son bureau, avec ses crayons de couleur et les feuilles gâchées qu'il lui donnait.

Elle avait d'abord dessiné, comme tous les enfants de son âge, puis elle avait écrit de petits textes que ses parents avaient applaudis. À l'adolescence ce fut l'écriture de son journal intime qui l'occupa.

Puis vinrent des textes presque aussi secrets et romantiques mais de fiction.

Ce simple souvenir de ces moments de bonheur disparus l'attrista.

Elle se sentait soudain inutile. Sa vie n'avait pas de sens…Et son corps se transformait sans raison ni explication.

Elle avait l'impression de n'avoir pas la moindre prise sur son destin et n'en avait pas sur son corps.

Mais, se raisonna-t-elle, personne n'est maître de son physique.

On nait blonde aux yeux bleus, blanche, noire ou métisse, et le corps change insensiblement en grandissant et en vieillissant.

Seulement moi, je change de couleur en une nuit.

Et c'est arrivé sans explication, alors que j'étais en vacances au bord d'une plage de sable fin protégée du soleil par des parasols multicolores.

Claire se regarda à nouveau dans la glace. Elle était bien devenue blanche, blanche comme le bindi le premier jour l'été dernier. Tout son corps et le bindi étaient blancs. Sa tête seule et son cou jusqu'aux épaules avaient gardé leur couleur, sa couleur de métisse.

Elle résolut de ne pas consulter les médecins n'attendant plus d'eux la moindre réponse utile.

Elle se sentit tout à coup très seule.

Puis elle se reprit et décida d'aller au cinéma, à la séance de 11 heures sur les Champs.

Plus claire encore…

Elle s'habilla chaudement car il avait neigé pendant la nuit et mit des gants plus pour cacher sa peau blanche que pour se protéger du froid.

Elle opta aussi pour un bonnet en fourrure très élégant, cadeau de la maison de couture pour qui elle avait posé l'hiver précédent.

Elle avait choisi un film comique et y prit plaisir.

De nouveau sur les Champs, elle marchait d'un bon pas sans regarder les vitrines, trop songeuse pour s'y intéresser. Songeuse et inquiète. Allait-elle devenir toute blanche comme sa mère ou rester bicolore ?

Tout à ses pensées elle ne remarqua pas que les passants qu'elle croisait se retournaient de plus en plus souvent sur son passage. L'aurait-elle remarqué qu'elle n'en eut pas été étonnée, habituée à être suivie du regard par les hommes pour sa silhouette. Peut-être eut-elle cependant vu que des femmes aussi se retournaient plus souvent que d'habitude.

Elle arriva devant la porte de son immeuble, ouvrit avec son badge et, comme chaque fois qu'elle entrait dans le hall, elle se regarda dans le miroir qui occupait tout un pan de mur.

Et là, elle vit avec stupeur son reflet, ses habits… elle habillée et coiffée de fourrure, mais sous la toque en fourrure qui paraissait flotter, …rien ! … Le vide ! … Il n'y avait pas de visage ! Elle n'avait plus de visage !

Elle s'évanouit.

Lorsqu'elle revint à elle, Claire se demanda ce qui lui était arrivé. En se relevant, le souvenir de son reflet sans tête la fit frissonner. Elle était effrayée et n'osa pas se regarder dans le miroir. Qu'y aurait-elle vu ?

Elle pressa le bouton d'appel de l'ascenseur, s'y engouffra dès qu'il fut là… et courut jusqu'à la porte de son appartement.

Une fois à l'intérieur, elle s'affala sur son canapé bicolore blanc et noir pour reprendre ses esprits.

Avait-elle rêvé ?

Était-ce un grand coup de fatigue ?... L'émotion d'être devenue blanche comme sa mère ?

Il y avait forcément une explication. Rien de tout ça ne pouvait exister.

Elle resta longtemps à se poser des questions et à ne pas y répondre.

Puis brusquement elle voulut savoir. Il fallait qu'elle sache.

Elle ôta son manteau et posa sa toque sur le canapé.

Elle se dirigea vers la salle de bain… hésita sur le pas de la porte.

Enfin elle entra et actionna l'interrupteur.

Elle fut devant le miroir et crut qu'elle allait à nouveau défaillir.

Elle y apparaissait mais sans tête.

C'était donc vrai !... Ou le cauchemar continuait-il ?

Elle allait se réveiller.

Elle voulut se pincer et se rendit compte qu'elle avait gardé ses gants.

Elle en enleva un.

Elle n'avait plus de main… plus d'image visible de sa main, mais elle existait bien…elle venait de la sentir en ôtant le gant.

Elle décida de saisir quelque chose avec cette main invisible… ce qu'elle fit sans peine mais non sans surprise. Elle avait cru un instant ne pas y arriver sans la voir.

Elle tenait un flacon de parfum et le vit se promener en l'air au bout de son bras habillé. Il était visible en entier et n'était pas caché par la main qui le tenait... et cette main percevait ce qu'elle tenait.

C'est comme dans le noir se dit-elle : c'est le toucher qui remplace la vue.

Claire était troublée mais elle devait continuer ses explorations….

Elle se déshabilla sans oser regarder vers le miroir … et comme pour ne pas risquer de se perdre, si elle ne se voyait pas, elle décida de garder culotte et soutien-gorge.

Puis ses yeux allèrent vers le miroir.

Le soutien-gorge et la culotte étaient là face à elle. Mais on ne voyait qu'eux.

Elle était invisible.

Elle ne se voyait pas. Les autres ne la voyaient sans doute pas… si elle n'était pas en train de rêver.

Elle se demanda ce qu'elle devait faire. Ce qu'elle pouvait faire.

Comment vivre sans visage ? Comment exister ? Et même comment subsister alors qu'elle vivait de son image ?

Elle se rhabilla.

Le camouflage

Il lui fallait retrouver une apparence humaine.

Elle s'attacha aussitôt à cette besogne avec fébrilité.

D'abord la perruque qu'elle avait portée pour un clip publicitaire.

Une belle perruque brune offerte par la production qui sitôt posée flotta sur son chemisier et dont elle voyait l'intérieur dans la glace.

Elle se dit que le maquillage qui lui avait réussi jusqu'à présent pour masquer la tache sur son front allait devoir servir pour plus grand.

Mais avant il fallait qu'elle cache l'absence angoissante de ses yeux.

Elle prit une paire de lunettes noires et les posa sur son nez.

Elle fut soulagée un instant en constatant qu'elles cachaient bien ses yeux…vides.

Elle reposa les lunettes et entreprit de passer le fond de teint d'abord avec précipitation, puis avec précaution craignant d'en manquer, et ensuite avec une extrême concentration au fur et à mesure que réapparaissaient les traits de son visage.

Elle fit très attention à bien combler les vides sous la perruque : le front, les oreilles, et le cou sous le chemisier.

Puis elle ôta ses lunettes et s'efforça de se maquiller en appliquant le fond de teint sur ses yeux fermés.

Enfin elle utilisa le crayon noir pour dessiner ses sourcils et le mascara pour recolorer ses cils.

Elle commençait à penser que sa nouvelle apparence pourrait faire illusion à l'exception du trou de ses yeux.

Elle résolut de trouver des lentilles de contact mais se demandait comment recréer le blanc autour de la pupille.

En attendant elle porterait des lunettes.

Elle s'étonna de ne plus être effrayée de voir ses manches de chemisier vides se balader devant elle avec, *à distance*, les traces de fond de teint qui flottaient au bout de ses doigts.

Elle se lava les mains. Les traces disparurent. Les manches vides s'approchèrent de la serviette et les mains invisibles s'en saisirent.

Claire se surprit à en sourire.

Mais elle s'empressa cependant de remettre des gants pour revoir à nouveau ses mains et se passa du rouge sur les lèvres.

Elle se regarda attentivement dans le miroir en pied de l'entrée et trouva qu'elle était redevenue elle-même pour qui ne savait ce qui lui arrivait.

La vie continue

La journée de shooting se terminait enfin non sans quelques instants de panique, comme tous les jours désormais.

Mais elle se terminait encore sans que mon secret soit découvert.

Depuis trois semaines, j'avais dû chaque jour m'apprêter, me maquiller longuement, méticuleusement, attentive au moindre détail qui aurait pu me trahir.

Avant, me préparer pour aller travailler était facile et rapide. Je sautais du lit, me douchais, déjeunais et vérifiais dans la glace avant de partir que ma coiffure n'avait besoin, le plus souvent, d'aucun soin et je me maquillais à peine.

Maintenant, j'y sacrifiais plus d'une heure tous les matins. Et toute la journée, j'avais le miroir à la main pour vérifier que mon fond de teint ne laissait rien deviner.

Si cela avait pu intriguer les photographes qui me connaissaient le plus, ils n'en avaient rien laissé paraitre.

Sans doute l'habitude des comportements capricieux ou fantasques des modèles… ou l'indifférence prudente qui protège des stars du métier dont je faisais partie.

Quant aux autres modèles, aucun risque qu'elles remarquent quoi que ce soit. Elles avaient trop à penser à leur propre apparence.

Je n'avais plus accepté de photos en studio pour ne pas avoir à refuser le service des équipes de maquillage et je rentrais chez moi aussitôt les séances de shoot terminées.

La danse et l'écriture

« C'est de la contemplation des vagues quand j'étais toute petite que m'est venue la première idée de la danse ».

Ces quelques mots, tirés du récit de sa vie par Isadora Duncan, je les ai recopiés dans mon carnet d'écriture, le soir précédent l'apparition du bindi par quoi tout a commencé.

Ce bindi et ce qui a suivi, qui me tourmente et règle ma vie aujourd'hui. Cette disparition de moi sans fard. Cette nécessité de me camoufler pour paraître et exister aux yeux des autres. Quel étrange paradoxe.

J'avais noté cette phrase parce qu'elle résonnait fort en moi.

J'avais, comme elle, ressenti cette idée de la danse lorsqu'enfant, avec mes parents, nous avions passé quelques semaines dans une villa prêtée par des amis au bord de l'Océan Atlantique.

De ces jours passés à m'amuser dans les vagues ou à les regarder, assise entre ma mère et mon père, qui le plus souvent écrivait sauf pour nager et jouer avec moi, était née ma passion pour la danse qui m'habita longtemps.

Cette passion, comme celle de l'écriture, ils l'avaient encouragée et j'avais, sous leurs yeux bienveillants, pu croire à mon talent. Croire que je deviendrais une vraie danseuse, et j'avais failli l'être.

Mais je n'étais pas assez passionnée et l'effort pour être parmi les meilleures était trop grand pour moi. Et surtout j'avais une passion plus forte qui me prenait l'essentiel de mon temps : écrire.

J'avais compris que je ne serai pas Isadora Duncan et aujourd'hui j'ai même du mal à paraître moi-même.

J'avais décidé que la fiction serait mon domaine.

Mais il avait fallu que je gagne ma vie et j'étais devenue modèle sans avoir vraiment choisi de l'être. Parce qu'un ami danseur était devenu photographe et qu'il avait pensé à moi pour ses premiers essais.

Parce que je plaisais, que je me déplaçais avec aisance et après tant d'années de danse c'était le moins, le succès fut là et avec lui la servitude et la course du temps.

L'écriture était restée comme une exigence dévorante à laquelle il ne m'était pas possible de résister plus de quelques jours et qui occupait principalement mes nuits.

C'était un besoin et une délivrance mais aussi une dictature redoutable à laquelle je me soumettais avec un plaisir masochiste.

Et j'écrivais vite et beaucoup pour très peu de lecteurs.

 En fait, je n'avais que deux lecteurs : ma cousine qui avait fait partie avec mes parents de mes premiers soutiens et ensuite, Nicolas son boy-friend devenu son mari, dont j'aimais les critiques et les avis. Leurs appréciations et nos discussions me portaient et me donnaient encore plus envie d'écrire.

Longtemps, malgré les exhortations de Nicolas, je refusais de montrer mes manuscrits à quiconque. Je n'étais pas prête ou je ne croyais pas à l'intérêt de mes écrits en dehors de ce cercle restreint, eux et moi.

Mais lorsque je lui fis lire la dernière version du roman que j'avais intitulé « Transparence de l'Être », il se fit plus insistant que jamais et je finis par céder.

Dans la semaine qui suivit il avait confié le manuscrit à un de ses amis et je ne sais par quel miracle il était publié quelques mois après.

Les caprices de la Reine

Pour Claire le moment le plus difficile, depuis qu'elle était devenue invisible, était celui de la douche matinale.

Elle avait d'abord eu peur de se perdre. Dès que l'eau et le shampoing avaient fait leur office elle n'était plus visible... et pendant plusieurs semaines elle avait pris la précaution de porter un collier et un bracelet pour se rassurer. Puis, au fil du temps, elle avait pu renoncer à ces artifices sauf le bracelet qu'elle n'enlevait plus.

Se démaquiller avant d'aller se coucher était aussi un moment qu'elle redoutait... surtout de ne pas voir ses yeux. Puis, dès qu'elle ôtait sa perruque elle s'empressait de la remplacer par une coiffure : bonnet, foulard ou casquette et gardait ses lunettes jusqu'avant d'éteindre la lumière.

Cela faisait maintenant plusieurs mois qu'elle était invisible et elle avait réussi à n'en rien révéler à personne au prix d'efforts constants de concentration et de précautions scrupuleuses qui l'épuisaient.

Elle vivait dans l'angoisse de devoir expliquer l'inexplicable.

Et aujourd'hui son angoisse s'amplifiait. Son éditeur la pressait depuis plusieurs jours d'accepter les interviews que les chaines de radio et de télévision réclamaient.

Elle était sous la douche après une nuit paisible, comme toutes ses nuits depuis l'apparition du bindi. Paradoxalement ses angoisses ne l'empêchaient pas d'écrire ni de dormir. Ce n'est qu'au matin que tout recommençait quand elle devait soigner son apparence. C'est là qu'elle se sentait obligée d'être sans cesse sur ses gardes.

Elle s'attardait sous la caresse de l'eau chaude, réfléchissant à ce qui lui arrivait. Ce succès inattendu qui aurait dû n'être que du bonheur et qui était un bonheur dont elle n'arrivait pas à profiter pleinement.

Elle devait accepter d'être sous les projecteurs et elle avait peur. Peur d'être découverte ? Peur que l'on découvre son handicap, son anormalité ? Peur de ne pas savoir comment expliquer ce qu'elle ne comprenait pas ? Peur de devenir un animal de foire ? Et de ne plus être que cela.

Mais elle réalisait néanmoins qu'elle était en tant que modèle bien plus exposée qu'en tant qu'écrivaine… et pourtant elle avait su jusque-là cacher son infirmité, même à ses proches. Elle pouvait espérer que l'on s'intéresse, maintenant, plus à ce qu'elle écrivait et disait qu'à ce qu'elle paraissait.

Cette pensée la réconforta et elle se mit à réfléchir avec moins d'appréhension à la demande de son éditeur…

Elle se hâta alors de trouver à nouveau comme chaque matin une apparence humaine.

Lorsqu'elle fut prête à affronter les regards, à cet instant même où elle décida comme tous les autres jours qu'elle pouvait le faire, sa décision était prise : elle accepterait les interviews.

Elle décida d'attendre, ce qui ne saurait tarder, le prochain appel de son éditeur. Elle accepterait parce qu'elle mourait d'envie de changer de vie. Parce qu'elle allait être ce qu'elle avait en fait toujours rêvée d'être.

Elle voulait vivre de sa passion d'écrire. Être et non paraitre. Exister aux yeux des autres pour ce qu'elle écrivait et pensait et non pour sa beauté maquillée. En effet sans maquillage qu'était-elle aux yeux des autres? Ils ne pouvaient imaginer que la beauté noire qui paradait sur les murs des grandes villes du monde n'avait de réalité visible que par la grâce des maquillages dont la campagne de publicité vantait les mérites. Cette campagne dans laquelle elle apparaissait sous les traits d'une souveraine couronnée de diamants et rubis pour une ligne de cosmétiques au nom ravageur : « les Caprices de la Reine ».

Julien

Je n'arrive pas à savoir si ce rictus hilare sur le corps masculin d'une Marylin suggérée me fait peur ou m'attire.

Je me suis longuement arrêtée devant ce tableau, puis je suis passée aux autres représentant tous, sur des corps différents, ce même visage au rire énigmatique, et pour moi inquiétant, et qui m'interpelle. Ce visage c'est celui du peintre Yue Minjun qui se représente dans tous ses tableaux.

Mais je reviens sans cesse à cette première toile. Parce que c'est une femme ? Parce qu'elle était célèbre ? Parce qu'elle était belle ? Parce qu'elle était autre que l'image publique qu'elle affichait ?

Je ne suis pas sûre mais je me demande si je n'ai pas sous les yeux la réponse à mes angoisses et à mes interrogations. Vais-je toujours devoir continuer à me cacher pour qu'on me voie ? Vais-je retrouver un jour l'image sans fard de celle que je suis ? Et si je décidais d'en rire comme Yue Minjun ?

En serais-je capable ?

Je suis venue me ressourcer dans ce musée comme je le fais de plus en plus souvent depuis que je me cherche. Depuis que je ne me vois plus que grâce aux artifices du maquillage.

La peinture et la sculpture étaient la passion de mes parents et ils me l'ont transmise. J'y puise l'inspiration par l'émotion et la joie qu'elles me procurent. J'y ai aussi trouvé la paix qui m'empêche de sombrer dans le désespoir et la folie.

C'est dans ce musée de l'art contemporain – la fondation Cartier - que j'ai rencontré Julien et c'est là encore, dans le parc qui l'entoure, qu'il m'a avoué son amour et que j'ai répondu plus tard au sien.

J'étais arrêtée en contemplation devant la toile de Chéri Samba peintre Congolais intitulée « J'aime la couleur » dans laquelle il se peint lui-même ironiquement en mauvais sauvage le pinceau entre les dents en guise de couteau, lorsqu'il m'a abordée.

Chéri Samba se représente avec le visage et le buste découpés et épluchés en une spirale continue comme une peau d'orange et tient entre ses dents un pinceau qui goutte en touches multicolores sur fond de ciel bleu.

C'est cette peau d'orange qui le rend visible. L'intérieur de la tête et du buste est vide, invisible. C'est le ciel bleu du fond du tableau que l'on voit sous la peau découpée, noire à l'extérieur et rose à l'intérieur.

Je n'imaginais pas à l'époque combien j'allais, un jour, être comme lui invisible sans ma pelure de maquillage.

Julien s'est mis à parler comme s'il commentait ce tableau à un visiteur. Il expose merveilleusement la symbolique de cette toile ainsi que l'œuvre du peintre et sa place à part dans l'art africain contemporain. Je me retourne. Il ne parle à personne d'autre qu'à moi.

J'ai d'abord été subjuguée par son discours et sa voix. J'ai été ensuite séduite par le jeune homme malicieux, cultivé, tendre et généreux et par sa simplicité et je l'ai trouvé beau comme un prince. Puis je l'ai tout simplement aimé. Nous nous aimons.

Mais je ne le vois plus depuis que je suis contrainte à la dissimulation.

Je l'ai convaincu qu'il n'était pas possible de se voir pendant quelques temps en invoquant des raisons de santé qu'il a bien voulu croire. Par amour il a accepté des relations uniquement épistolaires ou téléphoniques et se contente d'espérer que j'aille mieux.

Il a lu mon roman « Transparence de l'Être ».Il a beaucoup aimé et ne m'a pas reproché de ne lui avoir jamais dit que j'écrivais. Il a compris que c'était, jusqu'à la parution, mon jardin secret. Il a admis mes réticences à le partager.

Ses lettres me déchirent le cœur car il n'arrive pas à dissimuler sa peine qui transparait à chaque phrase. Je ne l'en aime que plus fort et je souffre.

J'espère parfois qu'il ne tiendra pas parole et aussitôt je suis terrorisée.

Je voudrais que tout redevienne comme avant ces vacances maudites où le premier stigmate de ce qui est devenu mon infirmité est apparu.

Mais depuis ce matin l'espoir est là et je n'ai pu m'empêcher de courir vers le lieu de notre première rencontre. En entrant dans la salle de bain pour me maquiller j'ai eu l'incroyable surprise de voir dans mon miroir mes yeux et ma bouche. Je me suis aussitôt mise à parler, à chanter et à cligner des yeux. C'est bien ma bouche, ce sont bien mes yeux. Ils sont à nouveau visibles.

Le lendemain matin

Elle n'arrive pas à se lever. Hier ses yeux et sa bouche étaient réapparus. Ce matin elle n'ose pas vérifier.

En attendant d'avoir le courage d'affronter son miroir, elle songe à ce qui lui arrive depuis quelques semaines. Elle songe à ce succès de librairie incroyable, incompréhensible qui la submerge. A cette critique presque unanime qui l'encense. À ce public qui se presse toujours plus nombreux et chaleureux aux séances de dédicaces. A cette nouvelle vie qui lui aurait paru impossible il n'y a pas si longtemps.

Cette vie dont elle avait rêvé sans arriver à y croire vraiment. Cette vie dans laquelle elle est reconnue pour son talent, pour son intelligence et non pour sa seule beauté.

Elle n'a plus d'hésitation, c'est cette vie rêvée qu'elle va vivre éveillée.

L'instant d'après, elle appelle son agent pour annuler tous ses contrats et ose enfin se lever.

C'est en repoussant le drap qu'elle croit défaillir.

Sa main est visible... brune comme dans son souvenir. Le pied qui se pose sur le tapis est visible aussi. Elle est debout en un éclair. Elle ôte sa chemise de nuit et court jusqu'à la salle de bain. Et là, elle se voit. Comme autrefois.

Elle n'arrive pas à en croire ses yeux. Elle est là, bien visible comme avant. Visible et nue. Visible sans artifice. Visible sans maquillage. Visible sans bindi.

Epilogue

Coup de publicité

Claire est nue dans les bras de Julien.

Il est venu dès qu'elle l'a appelé, et ils n'ont plus quitté l'appartement. Ils se sont aimés, puis aimés à nouveau…puis aimés encore.

Et ils ont parlé. Claire a raconté à Julien ce qu'elle a vécu… elle lui a montré des photos qu'elle a prises d'elle sans maquillage ou partiellement maquillée. Des photos stockées sur son appareil photo numérique, sur son téléphone mobile et sur sa tablette. Des photos ou elle apparait sans tête ou sans membre. Des photos qu'elle n'a osé prendre que depuis quelques jours. Et celles qu'elle a prise avant-hier ou seuls ses yeux et sa bouche apparaissent sur ses épaules.

Julien sait tout désormais de ce qu'a vécu Claire.

Elle est heureuse. Elle allume la télé pour avoir des nouvelles du monde extérieur.

Une chaine d'information en continue s'affiche.

Comme à son habitude, Claire lit plus les textes du défilant en bas d'écran que les images soutenues par le commentaire off du présentateur. Cet exercice l'amuse. Le décalage des informations donne parfois des résultats étonnants voire un bel effet comique.

Son attention est attirée assez vite par les mots caprices, puis reine.

Elle se concentre sur les annonces qui défilent, s'attendant à la réapparition de ces mots.

Quelques minutes plus tard elle lit :

Les « Caprices de la Reine » Coup de publicité ou piratage par un concurrent ?

Julien, aussi a vu l'annonce. Ils attendent qu'elle réapparaisse mais elle n'est pas plus éloquente.

Enfin les images et le commentaire audio correspondant au défilant sont là.

Les affiches de la campagne publicitaire les « Caprices de la Reine » ont toutes été retouchées et le front de la belle Claire Dark s'orne d'une tache claire comme un Bindi Indien. La firme s'interroge sur la signification de ces dégradations et les services de presse indiquent que la direction envisage de porter plainte. Les journalistes s'étonnent que toutes les affiches, partout dans le monde, puissent avoir été touchées par le même phénomène en une nuit.

Puis les images suivantes montrent ces mêmes affiches le jour d'après, vides de leur personnage principal. Claire Dark a disparu, encore une fois en une nuit. Les journalistes se demandent si les dégradations sont destinées à nuire à la marque de parfums et cosmétiques ou si elles visent le mannequin Claire Dark devenue célèbre pour ses écrits. Ils n'ont pu arriver à la joindre.

Claire et Julien se regardent et après un silence songeur, ils éclatent de rire.

Claire se moque de ne plus être visible… sur des affiches.

Fin

Le lendemain matin Claire en voulant consulter ses courriels affiche par erreur les images. Celles qu'elle a montrées à Julien s'imposent. Stupéfaite elle constate que sur toutes ces photos elle est parfaitement visible. Elle les vérifie fébrilement une par une. Sur toutes elle est visible.

Elle appelle Julien. Il arrive aussitôt intrigué par le ton de panique de Claire.

Sans un mot, elle lui montre son smartphone. Il comprend et saisit l'appareil photo puis la tablette pour vérifier. C'est la même chose.

Puis sous leurs yeux ébahis, les photos se fragmentent en kaléidoscopes multicolores. Elles se mettent à tournoyer de plus en plus vite, en même temps, sur tous les appareils de prise de vue et… une à une elles éclatent en particules minuscules et disparaissent.

Cinq ans plus tard

Toutes les images d'elle témoins de son incroyable transformation avaient disparu en quelques secondes sous leurs yeux ébahis.
Ces images stockées sur son appareil photo, son téléphone mobile, sa tablette ou son ordinateur s'étaient fragmentées en kaléidoscopes multicolores avant de disparaitre.
Ces photos où elle apparaissait sans les artifices du maquillage décapitée ou démembrée.
Ces photos qui lui avaient permis d'expliquer en les montrant à Julien ce qui lui était arrivé pendant plusieurs mois.
Ces mois si longs, où progressivement elle avait été atteinte d'un mal étrange, pendant lesquels elle était passée des taches claires sur son corps brun à une invisibilité partielle puis totale.
Ces mois trop longs où elle n'avait pu apparaître aux yeux des autres que par la grâce du fond de teint, des maquillages, des perruques, des lunettes noires, des manches longues et des gants.
Ces mois où elle avait craint, à chaque instant d'être découverte, de devoir expliquer l'inexplicable et de devenir un phénomène de foire.
Claire avait aimé que les images disparaissent car c'est à ce moment qu'elle-même était réapparue sans le secours des artifices du maquillage, des vêtements et des postiches.
C'est au moment où elles disparaissaient, sous leurs yeux incrédules, qu'elle recommençait à vivre, à aimer, à exister sans avoir, paradoxe infini, à se couvrir intégralement pour être visible, à se cacher pour être vue.

Claire n'est plus le modèle placardé sur les murs des grandes villes ou sur les pages glacées des magazines de mode pour faire vendre des produits de luxe.

Ce n'est plus son image qui s'offre à la vue du public mais ses idées et les œuvres de son esprit qui attirent les lecteurs. Elle aime être et non paraître.

Elle aime qu'on l'apprécie pour ce qu'elle est et écrit et non pour son image. Cette image de poupée métisse occidentale apprêtée aux canons de la mode et du luxe international.

Cette image dont elle a vécu mais qui, elle n'en doute plus maintenant, a été la cible des dieux qui, pour la ramener dans le chemin vertueux dont son père aurait rêvé pour elle, ont orchestré son invisibilité progressive après l'avoir marquée de taches claires sur sa peau sombre.

Et ça n'avait pas suffi à lui faire comprendre.

Elle imagine que les dieux fâchés de n'avoir pas été compris, Claire continuant à s'afficher malgré les taches qu'elle masquait habilement, étaient passés au châtiment de l'invisibilité progressive.

Claire avait aussi réussi à surmonter douloureusement ce nouvel handicap et à poursuivre son métier de modèle ostensible et l'invisibilité s'était propagée à tout son corps.

Ce n'est qu'à partir du jour où elle avait décidé de vivre de ses écrits et non de son image que la punition céleste avait disparu, que les dieux lui avaient rendu son apparence, son image d'elle.

Cinq ans sont passés.

Chloé et Jade ont trois ans.

Julien est fou des jumelles qui font leur bonheur de tous les jours. Claire se demande s'il faudra un jour leur parler de la transformation étrange de son apparence, qui la constitue, qu'elle n'oublie pas, qui la hante parfois la nuit et la réveille.

Et alors elle se demande si ça n'a pas été un rêve.

Puis elle se réveille vraiment et se souvient du cauchemar qu'elle a vécu.

Doit-elle en parler, peut-elle simplement le faire ?
La disparition de toutes les images d'elle, qu'elle avait prises pour documenter la disparition de tout son corps, rend la chose difficile.
Les images comme celle où elle apparaissait dans le miroir de l'entrée, habillée, une perruque flottant vide au-dessus d'une robe d'où ne sortait pas de bras, l'appareil photo tenant tout seul en l'air, vont manquer.
Cette photo et toutes les autres montrant l'inexplicable ont disparu en même temps que toutes celles placardées sur les murs des villes du monde entier quand Claire a retrouvé son corps visible.
Les photos qui n'ont pas disparu sont celles imprimées sur le papier glacé des magazines même celles où elle n'est visible que par les artifices du maquillage, des perruques et des lunettes noires.
Mais elles ne prouvent rien. Celles prises pendant son martyre ne sont pas différentes de celles plus anciennes où elle était visible même sans vêtements.
Rien ne permet de croire, à les examiner, qu'elles cachent un secret, l'invisibilité d'un corps, le sien, alors même que c'est ce corps qui est mis en scène pour sa beauté.
Qui pourrait croire qu'il n'était pas visible.
Claire avait trop bien caché la malédiction qui la frappait.

Remerciements

J'écris depuis bientôt vingt ans pour le plaisir d'écrire, pour l'évasion que procure l'écriture créative par opposition à l'écriture utile pour ne pas dire utilitaire et formatée que j'ai pratiquée pendant toute ma vie professionnelle.

C'est Hélène Mohone, poétesse, qui m'a fait découvrir et m'a initié à cette écriture de 2005 à 2008 dans l'atelier d'écriture, à l'Université du temps libre de Bordeaux, qu'elle a animé jusqu'à son décès en avril 2008.

C'est depuis 2010 grâce à l'atelier de La plume et l'oreille, à Nicolas Vargas, auteur-dramaturge, qui en a été l'animateur pendant onze ans et à Olivia Lancelot, comédienne et dramaturge, qui lui a succédé depuis septembre 2021 que j'ai pu pratiquer ce passetemps parfois intense et exigeant mais tellement captivant.

Qu'ils reçoivent ici mes remerciements les plus sincères.

Mes remerciements vont aussi à mes amis participants anciens et actuels de La plume et l'oreille qui ont contribué par leurs avis critiques toujours judicieux et bienveillants à l'amélioration de mes textes.

Un remerciement particulier aux correctrices qui ont permis cette édition révisée : Anne-Marie, Chantal, Evelyne et Monique.

Édition révisée : décembre 2022

SOMMAIRE
INSTANTS DE LA VIE DE ROBERT

Les mains sales	13
La nuit	17
La fuite	21
La peur	25
Les passeurs	31
Les vendanges à Haut-Brion	33
Je m'en vais	37
L'anniversaire	41
La petite boite	45
Les souvenirs	49
La photo	53
Le caddie	57
Les ombres errantes	61
La question	65
Le caddie récalcitrant	69
Par ici la monnaie	73
Coïncidences	77

SOMMAIRE

COURTES FICTIONS

Freedom	83
Marianne au bistrot	87
Ce soir ils parlent	91
Tout le monde ne devrait pas être au parfum	97
Un beau matin d'été	101
En passant par la Vologne	105
Le bon, la brute et le truand	111
Une rencontre improbable	115
Léa et les invisibles	119
Une année folle	123
Le costard	127
Le jaquet, le chien et l'âne	131
Des cailloux et des pierres	135
Une journée particulière	139
Mondanités	143

SOMMAIRE

Le serment	147
L'écharpe	151
La véritable histoire de Marie-Jeanne et de Billie-Joe	155
La trottinette	159
Une si belle journée de printemps	163
L'invitation	167
Dick Laurent est mort	173
On n'est pas sérieux quand on a dix-sept ans	179
La ville blanche	183
Dissonances	187
Patrick Giordano	191
Un soir comme les autres	195
Carrousel humide	199
La première fois	203
CLAIRE	207
Cinq ans plus tard	243